Wieland zum Vergnügen

W0243755

Wieland zum Vergnügen

Herausgegeben von
Egon Freitag

Mit 9 Abbildungen

Philipp Reclam jun. Stuttgart

RECLAMS UNIVERSAL-BIBLIOTHEK Nr. 18932
Alle Rechte vorbehalten
© 2012 Philipp Reclam jun. GmbH & Co. KG, Stuttgart
Umschlagillustration: Nikolaus Heidelbach, Köln
Umschlaggestaltung: Eva Knoll, Stuttgart
Gesamtherstellung: Reclam, Ditzingen. Printed in Germany 2012
RECLAM, UNIVERSAL-BIBLIOTHEK und
RECLAMS UNIVERSAL-BIBLIOTHEK sind eingetragene Marken
der Philipp Reclam jun. GmbH & Co. KG, Stuttgart
ISBN 978-3-15-018932-0
www.reclam.de

Inhalt

Vorwort

»In Deutschland haben wir ja ein ganz einfaches Mittel, einen intelligenten Menschen zu erkennen.« – »? –«. »Wenn er Wieland liebt.«

Arno Schmidt

Christoph Martin Wieland (1733–1813) war Deutschlands erster Bestseller-Autor, einige Zeit lang der meistgelesene und höchstbezahlte deutsche Schriftsteller. So zahlte ihm der Leipziger Verleger Philipp Erasmus Reich 1772 für seinen Staatsroman *Der goldne Spiegel* 633 Taler, während Goethe vier Jahre später für sein Trauerspiel *Stella* von dem Berliner Verleger Mylius lediglich 20 Taler Honorar erhielt. Wielands Werke wurden bereits zu Lebzeiten in 13 Sprachen übersetzt. Bleibende Verdienste erwarb er sich als Verserzähler, Romancier, Übersetzer, Herausgeber, Redakteur und Journalist. Besonders innovativ wirkte er als erster deutscher Shakespeare-Übersetzer, als Verfasser des ersten deutschen Singspiels, *Alceste*, und als Autor des *Agathon*, dem ersten modernen psychologischen Roman in Deutschland. Und mit dem *Teutschen Merkur* etablierte Wieland einen neuen Zeitschriftentyp in Deutschland.

Er war ein Erzähltalent, höchst amüsant und voller Ironie. Es war vor allem der erotische Reiz, die Anmut und Leichtigkeit seines Stils, die zu Wielands

Ruhm beitrugen. Dieser Stil war bis dahin in der deutschen Literatur einzigartig und gefiel auch dem jungen Goethe. Dieser zählte ihn, neben seinem Zeichenlehrer Adam Friedrich Oeser und William Shakespeare, zu seinen Leitfiguren. So bekannte er im Februar 1770: »Oesers Erfindungen haben mir eine neue Gelegenheit gegeben, mich zu segnen, dass ich ihn zum Lehrer gehabt habe. … Nach ihm und Shakespearen, ist Wieland noch der einzige, den ich für meinen echten Lehrer erkennen kann, andre hatten mir gezeigt, daß ich fehlte, diese zeigten mir, wie ich's besser machen sollte.«

Goethe konnte es gar nicht erwarten, bis Wielands Verserzählung *Musarion* erschienen war, sondern er verschlang diese vergnüglichen Verse bereits in den Aushängebögen. Ja, Goethe lernte – wie er berichtet – sogar »jedes Blatt davon auswendig«. So heißt es z. B. in dieser Erzählung:

»Ein Busen reizt, der jugendlich gebläht,
Die Augen blend't und niemals stille steht.«

Wieland reimte später Busen auf Pampelmusen. Er gab der Dichtkunst eine neue leichtere Gestalt und hat gleichzeitig die deutsche Sprache erst salonfähig gemacht, denn er wurde auch an den Fürstenhöfen gelesen, an denen ja vorzugsweise die französische Literatur dominierte. Auch die Herzogin Anna Amalia von Sachsen-Weimar-Eisenach und ihre Hofdamen lasen Werke von Wieland. Dies trug mit dazu bei, dass er 1772 eine Berufung als Prinzenerzieher für ihre beiden Söhne Carl August und Constantin erhielt.

Wielands Grundsatz lautet: »Der Mensch ist eigentlich zur Freude geschaffen.« So verfährt er auch freizügig, spielerisch und originell mit seinen literarischen Vorlagen. Wie pikant er z. B. antike Stoffe behandelt, zeigt seine Verserzählung *Das Urteil des Paris*. Der Hirt Paris soll bekanntlich der schönsten der drei Damen Hera, Athene oder Aphrodite einen goldenen Apfel überreichen.

In Wielands Lesart verkündet Paris mit einem »Amts-Gesicht«, dass er seine Richterpflicht nur erfüllen könne, wenn er die drei Damen völlig hüllenlos sehe:

»Weil, wie bekannt, sich zwischen Hals und Fuß
Verschiednes eingehüllt befindet,
Das in Betrachtung kommen muss,
Und das Apollo selbst durch Raten nicht ergründet,
So zeigt Euch alle drei in Naturalibus!

Wie, meinst Du, würden unsre Weiber
Zu einem solchen Antrag schrein?
Der Aufruhr wär unfehlbar allgemein.
Das gingen sie in Ewigkeit nicht ein!
[...] Nur Pallas will sich nicht

Von ihrem Unterrocke scheiden,
Bis Paris ihr zuletzt verspricht,
Wenn sie noch länger säumt, sie selber auszukleiden.«

Wielands Verserzählung *Der Neue Amadis* gerät zu einer Satire auf die alte Ritterdichtung. Während es im *Rasenden Roland* von Ariost, trotz ironischer Distanz, noch wirklichen Ritterkampf gibt, dient er bei Wieland nur noch als Vorwand für seine scherzhafte Koketterie. Da heißt es:

»Jetzt folgte Hieb auf Hieb – und während die Herren nun
Ihr Möglichstes tun, einander die Hälse zu brechen,
Sagt, schöne Leserinnen, was soll der Dichter tun?
Von beiden muss Einer sterben; dies lässt sich ohne Verletzung
Der Rittergebräuche nicht ändern; nur ist die Frage: wer?
Wir möchten doch, aus gebührender Schätzung
Der Damen, welche vielleicht von beiden einem mehr
Gewogen sind als dem andern, in einer so wichtigen Sache
Nicht ohne ihren Rat zu Werke gehen.«

Wieland war ein Meister der Ironie: »Die Ironie, die, ich gestehe es, meine Lieblingsfigur ist, und für die ich einiges Talent zu haben mir schmeichle, ist freilich ein ziemlich gefährliches Talent; zum Glück aber hat mich die Natur mit einem guten und redlichen Herzen begabt; mein Menschenhass ist nur gemacht; ich liebe von Natur die Menschheit, und wenn ich auch über die Gebrechen der einen und über die Schwachheiten der anderen spotte, so geschieht's in der Regel freundlich und in der Absicht, ihnen scherzend heilsame Wahrheiten zu sagen, die man zuweilen geradezu nicht zu sagen wagt.« Insofern trifft Goethes Einschätzung zu: »Wo die Franzosen des 18. Jahrhunderts zerstörend sind, ist Wieland neckend.«

Ein Meisterwerk der Ironie ist der Roman *Geschichte der Abderiten*. Wieland schrieb ihn »zum Vergnügen aller Klugen und zur Lehre und Züchtigung aller Narren«. Es ist aber nicht nur ein amüsantes Possenspiel, sondern Wielands fabulierende Heiterkeit enthält einen tieferen Sinn. In der Maske der Narren von Abdera schildert Wieland den deutschen Philister. Er hält allen Spießbürgern einen Spiegel vor und erklärt: »Abdera ist allenthalben, und wir sind alle da zu Hause.«

Amüsant ist auch Wielands Selbstironie, wenn er z. B. in einem Brief an seinen Verleger Göschen äußert, er sei schon hässlich genug, so dass der Kupferstecher Bause es nicht nötig gehabt hätte, ihn noch hässlicher zu machen. Überraschend ist dabei sein Reichtum an Gleichnissen und burlesken Wendungen, womit er seinen Tadel oder Spott in leichte Scherze einkleidet. Er bekennt: »Ich bin von Natur launisch oder humoristisch, außerdem aber, was man un homme simple et uni nennt.«* In einem Brief an Gleim beschreibt er die Gründe für diese Wechselhaftigkeit: »… Niemand, leider! auf diesem ganzen Erdenrund, England, Schottland und Irland mit eingeschlossen, hängt mehr von Barometer und Thermometer und Hygrometer, von Hitze und Frost, von Wind und Wetter, Sonnen- und Mondschein und tausend andern zufälligen Dingen ab, als ihr humoristischer Wieland«.

Goethe wies darauf hin, dass Wieland glaubte, es »sei am besten durch Frohsinn zu wirken; nur das, was man mit Heiterkeit ansehe, werde man recht sehen, war seine Meinung. … Geist, Witz, Humor seien die echten Organe, womit ein solches Gemüt die Welt anfasse. Alle Gegenstände, selbst die ernstesten, müssten eine solche Klarheit und Freiheit vertragen. …«.

»Ein Mann von solchen Talenten«, wie Wieland, gab auch manchmal der Versuchung nach, »die Linie des Anständigen und Schicklichen zu überschreiten«,

* frz.: ein einfacher und einzigartiger Mensch.

schrieb Goethe. Der folgende Reim könnte ihm aufgefallen sein:

»Dir schmecken nur verstohlne Wasser süße,
Und deiner Dirnen geile Bisse.«

als »ebenso verwegne als geistreiche Scherze«. Wieland knüpft an satirische Traditionen der Antike und der Renaissance-Literatur an, z. B. Sebastian Brandts *Narrenschiff*, an das Volksbuch von den Schildbürgern und an das Lalebuch, an Cervantes *Don Quichotte* oder an Schelmenromane. Hinter Wielands Esprit verbirgt sich dabei auch eine erzieherische, aufklärerische Absicht, um den Menschen lachend die Wahrheit zu sagen, denn er meint:

»Ergetzen ist der Musen erste Pflicht,
Doch spielend geben sie den besten Unterricht.«

Im Frühsommer 1776 erhielt Wieland die höchst amüsante Zuschrift eines ungenannten Verehrers. Über sich teilt er lediglich mit: »Ich bin einer der zwanzigjährigen Jünglinge, die von ihrem sechsten Jahre an um der heiligen neun Musen willen von ihren Schulrektoren gegeißelt, von Tartüffen verfolgt, und von Schelmen unglücklich gemacht worden sind.« Erst die Lektüre Wielands habe ihm die Augen geöffnet.

Der begeisterte Verehrer schreibt: »Nach Ihrem Agathon, nach Ihrer vollkommensten Welt, nach Ihren Beiträgen, und den erbaulichen Sentenzen Ihres Danischmende sollten Sie wohl ein ziemlich gelassner und kaltblütiger Philosoph sein, der sich ganz ruhig auf seinem Drehstuhle herumwirbelt, der in seiner lichten Sphäre Narren und Marionetten, Dummköpfe und Windbeutel mit einem sardonischen Lächeln unter seinem Hintern daherrutschen sieht, und den keine unvermutete[n] Donnerschläge so leicht von der geliebten Bratenschüssel hinwegjagen. Aber in Ihren ›Komischen Erzählungen‹, in Ihrem ›Diogenes‹, ›Kombabus‹ und ›Amadis‹ lassen Sie doch zuweilen Ihre Pauken hören. Alle Welt klatscht alsdann in die Hände, und lacht über die armseligen verzweiflungsvollen Schurken, welche nun einmal so häufig zum Besten der gelehrten Fuchsjäger in dem Gehäge des Parnasses herumwackeln. Dennoch«, bemerkt der Briefschreiber, »müssen Sie nach Ihren Phantasien, auch ein überaus gütiger, edler Mann und ein Menschenfreund sein. …«

Diese Zuschrift, zusammen mit einem eingesandten Gedicht, veröffentlichte Wieland in seiner Zeitschrift »Der Teutsche Merkur«. Dazu wählte er die Überschrift »Eine psychologisch-poetische Anekdote«.

Wie Wieland zum Vergnügen seiner Leserinnen und Leser beitrug, erfuhr auch der Dichter Johann Gottfried Seume. Er wandte sich in einem Brief an den Autor und teilte ihm mit: »Ich habe Ihrem Scherz in meiner Selbstbildung mehr zu danken, als vielen andern grämlichen Knasterbärten, die nur ihre Systeme vortrugen.« Seiner Freundin Johanna Devrient gestand er: »So ernsthaft Sie mich kennen, weiß ich doch, dass ich über einem Blatt von Wieland vom Tische aufgesprungen bin und die Verse im Zimmer abgetanzt habe; so himmlisch rhythmisch war die herrliche Sprache. … [Wieland] hat keinen Riesenschritt, er tanzt wie eine ätherische Erscheinung; er predigt keine tiefsinnige Weisheit; er schreibt aus dem Tagebuche der Grazien.«

Selbst der bedeutende Philosoph Immanuel Kant übermittelte Wieland seinen »innigsten Dank für das mannigfaltige Vergnügen«, das ihm »seine unnachahmlichen Schriften gemacht haben«. Und der große Aphoristiker und scharfsinnige Georg Christoph Lichtenberg schildert die erstaunliche Wirkung, die die Lektüre von Wielands Werken auslöst: »Jedermann sollte wenigstens soviel Philosophie und schöne Wissenschaften studieren als nötig ist, um sich die Wollust angenehmer zu machen. Merkten sich dieses unsere Landjunker, Hof-Kavaliere, Grafen und andere, sie würden oft über die Wirkung eines Buchs erstaunen. Sie würden kaum glauben, wie sehr Wieland den Champagner erhöhet, seine häufige Rosenfarbe, sein Silberflor, seine leinenen Nebel würden ihnen selbst den Genuß eines guten elastischen Dorfmädchens mehr sublimieren.«

Wieland konnte auch im direkten Gespräch amüsant sein. So berichtet Johannes Daniel Falk nach einer Abendunterhaltung: »Wielands Humor bezauberte die ganze Gesellschaft.« Und der Jenaer Student Karl Rechlin notierte nach einem Besuch bei Wieland: »Wir scherzten den Nachmittag so viel und lachten, dass ich mit nassem Auge von ihm wegging.«

Bei der Charakterisierung seines Freundes stellte Goethe fest: »Wieland zum Beispiel hatte Humor, weil er ein Skeptiker war, und den Skeptikern ist es mit nichts ein großer Ernst.«

Wieland lebte 36 Jahre in glücklicher Ehe mit seiner Frau Anna Dorothea und bekannte: »In allen meinen Liebeaventüren war viel Illusion, und reine Glückseligkeit kenne ich erst seit [...] der Epoche meiner Verheiratung.« Seine Frau brachte ihm vierzehn Kinder zur Welt, neun Töchter und fünf Söhne. Der schweizerische Theologe Wölfling, der den Dichter in Weimar besucht hatte, stellte die rekordverdächtige Behauptung auf: »Kein Schriftsteller war imstande, die Welt zugleich mit Produkten seines Geistes und seiner Lendenkraft zu beschenken wie Wieland. Die Zahl seiner Kinder wird der Zahl seiner Werke ziemlich gleichkommen.«

Der Dichter freute sich über seinen Kinderreichtum und erklärte: »[…] Meine süßesten Augenblicke sind, wenn ich das ganze Häufchen der kleinen krabblichten Mitteldinge von Äffchen und Engelchen um mich herum habe.« Gegenüber Johann Heinrich Merck bekannte er: »Kinder und Bücher zugleich machen, ist zu toll – nicht wahr? […] Also fahren wir in Gottes Namen immer fort, beides zu machen, so lang's Zeug hält, und wir Freude daran haben.« Ein andermal schreibt Wieland: »[…] Die Katze lässt das Mausen nicht, und ich werde […] Verse und Kinder machen, so lange es gehen wird.«

Sich selbst bezeichnete Wieland scherzhaft als »das verweichlichte, durch Stubenluft und Damenpflege verzärtelte Kanarienvögelchen im Vogelbauer«. So sei er »immer eine forcierte Treibhauspflanze gewesen«.

Die beträchtlichen Unterschiede in der Wesensart zwischen Goethe und Wieland hat Johannes Daniel Falk beobachtet und vergnüglich geschildert:

»Goethe und Wieland zusammen zu sehen, ist eine wahre Herzenslust. … Wieland schüchtern, verlegen, jungfräulich, der von Winkel zu Winkel schleicht, immer durch Umwege geht und bald nach seiner Schnupftabaksdose, bald nach seinem Schnupftuch greift, dabei immer im Begriff, sich selber zu verlieren, und dagegen Goethe fest, männlich einherschreitend, die Hände am Leibe etwas steif herunterhängend, zuweilen beinah so, als ballte er die Fäuste und wollte männiglich [jedermann] in der Gesellschaft zu Boden rennen. So ihr Körper und ihre Seele; ihre Art zu sein und sich auszudrücken beinahe ebenso verschieden. Wieland mit aller Bedachtsamkeit des Alters und einer grenzenlosen Bonhommie [Gutmütigkeit], immer auf seiner Hut, alles zum Besten deutend, so ganz seinem gefühlvollen Herzen und seiner zarten Organisation hingegeben, dass er selbst einen Vatermörder entschuldigen würde, weil es ihm unendlich weh tut, die Menschheit so unendlich heruntergesunken zu sehen – kurz, ein Mensch, der mit Körper und Seele zugleich, vermöge einer angeborenen jungfräulichen Schüchternheit, überall ausweicht und anzustoßen fürchtet, der sich bei einer jeden Haustür (moralisch und physisch genommen) tief und krumm zusammenbückt, weil er sich für alle zu groß scheint; da hingegen Goethe so prall und grade hinläuft, als wollte er jeden Schlagbaum nieder- oder seinen eigenen Kopf einrennen.«

Als 1768 Wielands erotische Verserzählung *Idris und Zenide* erschien, war diese eigentlich nur ein Fragment, denn ursprünglich sollte sie den doppelten Umfang haben. Geplant waren zehn Gesänge, aber mit dem fünften Gesang brach Wieland ab und entließ seine Leserinnen und Leser mit den Worten:

»Der Pinsel fällt mir willig aus den Händen;
Wer Lust hat, mag das Bild und – dieses Werk
vollenden!«

Der Theologe Johann Gottfried Herder gelangt zu der Einschätzung: Wieland verfolgt »gewiss einen edleren Zweck, … als uns bloß witzig zu amüsieren. … Seine oft missverstandene Philosophie ist am Ende doch Weisheit des Lebens.«

Diese Auswahl vergnüglicher Texte aus dem reichen literarischen Schaffen Wielands vermittelt einen Eindruck vom Gedankenreichtum eines der bedeutendsten Schriftsteller des 18. Jahrhunderts, der als Wegbereiter der Weimarer Klassik gilt, denn Wieland »wird als humoristischer, geschmackvoller Dichter denjenigen heitern Platz im Jahrhunderte behaupten, worauf er von Natur die gerechtesten Ansprüche besitzt«, wie Goethe prophezeite.

Mein Dank gilt der ehemaligen Leiterin des Biberacher Wieland-Archivs und Wieland-Museums, Frau Viia Ottenbacher, und dem Biberacher Wieland-Forscher Herrn Dr. Heinrich Bock, mit denen mich eine langjährige wissenschaftliche Zusammenarbeit und herzliche Freundschaft verbindet. Ihnen und allen Wieland-Freunden ist diese Publikation gewidmet.

I

»Eine unendliche Menge Papier übersudelt« Das mühselige Geschäft des Schriftstellers

Zürich, den 8. November 1758

[...] Sie wollen im Ernst die ruhmlose Arbeit übernehmen, einige Stücke von mir zu übersetzen. Gewiss Sie müssen ein Enthusiast in der Freundschaft sein! Ich will mich nicht wie ein blödes Mädchen weigern. Wir wollen sehen was die Franzosen von uns denken! Tentare licet*. Aber in wie weit ich Ihnen erlauben kann in der Vorrede von mir zu sprechen, weiß ich nicht. Ich kenne die Lebhaftigkeit Ihrer Schreibart. [...] aber m e i n Geschichtschreiber sollen Sie bei meinem Leben nicht werden. Und können Sie glauben es werde den Ausländern etwas daran gelegen sein, [...] dass ich schon vom 9ten Jahre an ohne Anweisung Verse, lateinische und teutsche, gemacht, dass ich, um diese Beschäftigung zu verbergen, mit Anbruch der Morgenröte aufstehen müssen, dass ich als ein Knabe von 8 Jahren über die Helden des Cornelius Nepos entzückt gewesen und vor Verlangen ein Epaminondas oder Phocion zu werden, geglühet habe, dass ich schon im 12ten Jahre ein Heldengedicht angefangen und überhaupt eine unend-

* lat.: Der Versuch ist erlaubt.

liche Menge Papier übersudelt habe, ohne jemals etwas zu machen das mir selbst gefallen hätte, und hundert andre dergleichen Umständchen, welche ungeachtet ihrer Kleinigkeit, seltsam genug sind, dem der sie von sich selbst erzählt oder erzählen lässt, das Ansehen der Ruhmredigkeit zu geben. Aber wie eitel sind wir!

(An Zimmermann)

Ein Poet sein ist schon soviel als einen oder zween Sparren zuviel haben; aber noch Hypochondrisch dazu sein, ist zuviel für die Weisheit irgend eines Sterblichen.

(An Gleim, 9. September 1771)

Dichterschulden†

Die weltgepriesne Göttin teutscher Reime
Die meinem lieben alten Gleime*
auf einen Wink gleich an die Krause hüpft,
ist leider! nur ein wetterlaunisch Mädchen.
Sonst hatt ich sie an einem Drähtchen;
Jetzt, da sie nie so nötig war, entschlüpft
die Hexe mir, wie Wasser, aus den Händen.

* Johann Wilhelm Ludwig Gleim (1719–1803), gründete den Halberstädter Dichterbund.

Vergebens lauf ich an den Wänden
herum, und hasche, (wie der große Schach
Baham* den Fliegen) einem Dutzend Reime
bereits drei Glockenstunden nach:
Sie machen zwar die tollsten Burzelbäume,
und gaukeln, Äffchen gleich, ins Kreuz und in die Quer
in hundert Gruppen um mich her,
nur in die Feder will mir keiner kriechen!
Die Schelme haben noch ein wahres gaudium**
an meiner Ungeduld, und lachen sich fast krumm
bei meinen raschen Dichterflüchen.

Sie sehn, Durchlauchtigster, es ist nicht meine Schuld,
dass ich, der sonst die Welt mit Reimen übertäube,
am letzten Tag des Jahrs den Wechsel schuldig bleibe.
Was hilft es mir, entzückt vom Denkmal Ihrer Huld
in Dank und Wonne zu zerfließen?
Die Verse stehn darum auf keinen bessern Füßen;
Entschuldigung gilt niemals gegen Pflicht,
und guter Wille zahlt auch Dichterschulden nicht.

Indessen bleibt mir nun bei meinem Unvermögen,
nichts übrig, als aufs Wünschen mich zu legen.

* Gestalt eines morgenländischen Fürsten in dem Roman *Das Sopha* des französischen Schriftstellers Crébillon (1707–1777). Schach (mhd.): König.

** einen Spaß.

Der Wunsch, den meine Schüchternheit
kaum leise wagt, ist zwar für Sie nur Kleinigkeit,
doch wär's für mich die größeste Begnadung.
Ich bitte, gnäd'ger Herr, nur um die kleinste
Ladung
von jenem Geist und Scherz und Witz
der mit zehntausend Grazien seinen Sitz
auf Ihren Lippen hat, – was Sie mit vollen Händen
an Einem Abend unbemerkt verschwenden:
so wie von dem was Phöbus* ihm entführt
der Ozean sich nicht vermindert spürt,
Ein Minimum davon, bei meiner Dichterehre!
nicht mehr als etwa Glaubenskraft
zum Bergversetzen nötig wäre,
erhübe schon durch seine Zauberkraft
Freund Ramlern** zum Horaz, und Weissen*** zum
Voltäre.
W[ieland].

(*An Friedrich August von Braunschweig-Lüneburg, 31. Dezember 1787 [?]*)

Wozu nötigen uns die Reime? Welche unanständige Fesseln vor einen freien Genie? Wie oft hab ich mich

* Phöbus (griech. ›der Reine‹, ›Glänzende‹), Beiname des Apollo.
** Karl Wilhelm Ramler (1725–1798), der »deutsche Horaz«.
*** Christian Felix Weiße (1726–1804), Lyriker und Dramatiker.

nur z. e. ärgern müssen dass sich auf Tugend nichts als Jugend auf Lust fast nichts als Brust reimt?

(*An Schinz, 26. und 28. März 1752*)

– Da haben wir's! Nun fehlt ein Reim auf Busen!
[...] – Denn jene von Musen, Medusen,
Kreusen und Arethusen und andern griechischen usen
Sind gar zu abgenützt. Auch schwör ich bei allen
Busen
Der großen Diana, wenn wir dereinst nach
Lampedusen
Mit Dorval, Diderot und einer Colonie
Von tapfern Constanzien ziehn, die schöne
Demokratie
Von Philosophen anzupflanzen,
Wo Essen und Trinken und Lieben und Singen und
Tanzen
Und in die Komödie gehn der Finis bonorum* ist,
Soll durch ein Grundgesetz, bei Strafe, auf Zwirn zu
tanzen,
Der Reim, um dessentwillen ein Mann die Nägel sich
frisst,
Aus unsrer Republik verbannt sein! – Doch Vergebung!
Der Geist Capriccio führt, trotz aller unsrer Bestre-
bung,

* lat.: das höchste Gut.

Uns öfter, als er sollte, in Seitenwege hinein;
Wir wollen in Zukunft womöglich weiser sein!
Die Rede, denk ich, war – von Chatouilleusens
Busen. [...]

(*Der neue Amadis, 11. Gesang*)

[»]Die Art wie ich arbeite ist ohngefähr der Arbeit eines Zeichners ähnlich, der nur immer Linien und Striche hinkritzelt, immer mit seinem Brote wegwischt, immer zusetzt, und endlich doch etwas ganz leidliches hervorgehn lässt. So wie ich etwas aus mir selbst produziere, so schreibe ich gleich aufs Papier. Aber mein Gedanke bildet, und formt sich erst, indem ich ihn drei, viermal und noch öfter umkehre, ausstreiche, drehe, wende. Daher nichts fürchterlicher, als meine Brouillons* [«].

(*Zu Böttiger, 24. Januar 1796*)

Erfurt, den 11. July 1772.

Ich sollte Ihnen [...] von Rechtswegen schöne, wohlgesetzte, gedrehte und gewendete, witzige, gelehrte, mit einem Worte, ostensible** Briefe schreiben, damit Sie nicht nur das Couvert*** sondern die Briefe selbst

* rohe Entwürfe.
** auffällige, zum Vorzeigen geeignete.
*** den Umschlag.

Wieland am Schreibtisch.

Silhouette von A. E. Stark, 1806

auf einem Teller herumgehen lassen könnten; aber ach! mein lieber Riedel, woher die Zeit dazu nehmen? Ich bin froh, wenn ich nur so viel gewinnen kann, an meine Freunde von Zeit zu Zeit ein wenig sudeln zu können.

(*An Riedel*)

Verzeihen Sie die Dintenklekse – ich hatte keine Zeit es zu kopieren; also, wenn Sie's haben abschreiben lassen, bitt ich mir den Sudel wieder zurück. Lassen Sie von Ihrer Copia Abschrift nehmen, wen Sie dessen für wert halten.

(*An Merck, 17. Oktober 1776*)

Jedermann schreibt Bücher, Bärtige und Unbärtige, Gelehrte und Ungelehrte, Meister, Gesellen und Lehrjungen; wer sonst nichts in der Welt kann und seinem Leibe keinen Rat weiß, schreibt ein Buch. In jedem noch so kleinen Städtchen des deutschen Reichs sitzt ein Buchhändler oder wenigstens ein Buchbinder, der mit Verlagsartikeln auf die Messen ziehen oder doch in seiner Gegend herum hausieren will. Daher die unzählbare Menge von Buchfabriken; daher die tagtäglich häufiger werdenden literarischen Entreprisen* (wie's die Herren nennen), die

* Unternehmungen.

nichts als Buchhändlerspekulationen sind; daher die eilfertigen Übersetzungen jedes elenden französischen Products, selbst solcher, wovon zu Paris keinem Menschen von Geschmack nur die Existenz bekannt ist; daher, dass unsre ganze Literatur beinahe nichts mehr als Compilation oder Sudelkocherei ist. Unter Zwanzigen, welche die Unverschämteit haben, mit Prose oder Versen vor dem Publico zu erscheinen, sind kaum Drei, die nicht vonnöten hätten, noch in eine Trivialschule zu gehen; unter Zwanzigen kaum Fünfe, die eine Seite Deutsch ohne Sprachschnitzer schreiben können. Niemand macht sich eine Schande daraus, unrecht zu deklinieren und zu konjugieren; von richtiger Construction, von Proprietät* und Bestimmtheit des Ausdrucks, von Allem, was zum Stil gehört, wenn er wenigstens nur nicht ungekämmt und ungewaschen sein soll, ist (selbst bei vielen sonst geschickten und in ihrem Fache gelehrten Männern) gar nicht die Rede mehr. Man eilt zu sehr in die Druckerei, um auf solche vermeinte Kleinigkeiten Aufmerksamkeit und Zeit wenden zu können. Sogar die unentbehrliche Kenntnis des Gebrauchs der Unterscheidungszeichen verliert sich zusehends bei unsern Büchermachern; die meisten kennen keine andern als Komma und Punkt, wissen aber auch nicht einmal diese zu setzen, wo sie hingehören. So steht es

* Eigentümlichkeit, auch Richtigkeit.

mit unsrer Literatur und Schriftstellerei, und doch will Alles rezensiert, angekündigt und angepriesen sein.

(Allgemeine Vorerinnerung des Herausgebers des Merkurs zu den Anzeigen neuer Bücher)

»Ein mittelmäßiger Poet, er sei dazu geboren oder nicht, ist ein elender Poet, und ein elender Poet ist das elendeste unter allen elenden Elendigkeiten unter dem Monde.« »Aber woran kann ich wissen, ob ich mittelmäßig i. e. elend bin?« fragt mich Jemand, dem dieses Orakel noch nicht deutlich genug ist. Woran? Es ist freilich eine schwere Aufgabe, den Eigendünkel bei einer solchen Selbstprüfung auf die Seite zu schaffen. Unmaßgeblich wäre mein Rat, jeden Zweifel über diesen Punkt für eine geheime Stimme des Apollo selbst zu halten, und in dem Augenblicke, wo man sich hinsetzen will, um bei Herrn Wieland in Weimar schriftlich anzufragen: »ob man vorliegenden Umständen nach mit Versemachen fortfahren oder aufhören soll«, die Frage stracks für entschieden zu nehmen und alle seine Verse stante pede ins Feuer zu werfen.

(Der Herausgeber des Teutschen Merkurs an die Leser am Schlusse des Jahres 1788, nebst einer kleinen Herzenserleichterung)

Sie machen mir unendlich viel Vergnügen wenn Sie sich in der Dichtkunst immer mehr üben, wie auch in der deutschen Sprache, welche viel schöner als die französische ist. Die Fabel, welche Sie mir geschickt haben, ist ganz artig, außer dass die Wörter »verbande, fande, erführe« wider die deutsche Grammatik verstoßen. Es muss »verband«, »fand« heißen, das e ist unerlaubt. Doch dieses ist eine Kleinigkeit, die ich meiner liebenswürdigen Schwäbin gar gern vergebe. Ihre Prosa ist unvergleichlich, mein Engel, und ich bin gewiss, dass es Ihre Verse auch bald sein werden.

(*An Sophie Gutermann von Gutershofen, Ende Juli 1751*)

›Sei mäßig wie bisher, und du wirst lange leben; verbessre dein Gedicht, und du wirst ewig leben.‹

(*Zu Bronner, 31. Juli 1810*)

[...] die einzige Gattung, die ich aus unsrer Literatur verbannt zu sehen wünsche, ist – die langweilige.

(*Briefe an einen jungen Dichter*)

Weimar, Mitte Dezember 1779

Lieber Bruder, für die so eben eingegangnen Rezensionen 1000 Dank! – Dass dir das platte Geschriebsel des neuen Eulenspiegels sowohl gefallen würde, hatte ich mir zwar nicht vorgestellt. [...] Deine Rezension däucht mir offenbar zu günstig, und ich dächte, wir sollten auf keine art noch weise die bis zum Eckel einreißende cynische mode, sich dem Publico so in puris naturalibus* mit bloßem Arsch zu zeigen, vor dessen Augen zu pissen und zu kacken, ihm ins Gesicht zu nießen und zu rülpsen etc etc gut heißen, ja noch gar aufmuntern, und Gott darüber preisen, dass einmal wieder einer aufgetreten sei, dem das alles besser anstehe als andern Flegeln seines gleichens.

(*An Merck*)

Belvedere, 4. 6. und 9. September 1810
Am 9. September, morgens

Ihre Briefe, die ich vor mir liegen habe, sind so reichhaltig, dass ich noch manches Blatt anzufüllen hätte, wenn ich Ihnen (wie Cicero es mit seinem Atticus zu halten pflegte) auf jeden Punkt antworten sollte. Aber, wie gern ich dies auch täte, das Leben ist kurz und ich stehe weder wie Cicero, ante diluculum** auf, noch habe ich im 78sten Jahre eine so fliegende Feder wie Cicero im 60sten. Sie können sich gar nicht vorstellen, wie langsam die Gedanken aus meinem

* lat.: im reinen Naturzustand, d. h. ohne Kleidung, nackt.
** lat.: vor Anbruch des Tages.

Hirnkasten und die Worte aus meinem Dintenfasse fließen, wiewohl meine Dinte flüssig genug ist: Nichts von der Million unverschämter Fliegen zu sagen, die mir, während ich schreibe, bald in die Augen bald in die Ohren schreien, sich mir unabtreiblich* auf die Nase, auf die Schreibfinger und das Papier worauf ich krizle, setzen, und mich alle Augenblicke nötigen, die Feder nieder zu legen.

(*An Böttiger*)

Es ist nur gar zu gewiss, dass auch gute Bücher zuweilen Maculatur werden.

(*Ein paar Goldkörner aus Makulatur oder Sechs Antworten auf sechs Fragen*)

Die Kunst zu schreiben ist, wie die edelsten Künste alle, in unsern Tagen ein elendes Handwerk geworden, eine Arbeit der Finger, wozu geradesoviel Geist erfordert wird als zum Wollespinnen. Ehemals schrieben nur erleuchtete Geister, die ihr Hauptgeschäft daraus gemacht hatten, zu erforschen, was wahr und gut, edel und schön sei. Sie teilten der Welt ihre Erfahrungen mit oder die Betrachtungen, die sie selbst über diejenigen Dinge angestellt, welche den stärksten Eindruck auf ihre Seelen ge-

* ohne dass man sie verscheuchen könnte.

macht hatten. Jetzt schreibt man, um sich gedruckt zu sehen, oder weil es Mode ist, oder weil einem die Finger jucken, oder weil man sonst nichts zu tun weiß. Ja, die Meisten treibt der Hunger oder eine schändliche Gewinnsucht; und weil sie nichts Nützliches gelernt haben, so sind sie Schriftsteller. So weit wird der Missbrauch und die unbefugte Anmaßung des Rechts zu schreiben getrieben, welches ein Vorrecht Derjenigen sein sollte, welche die Natur dazu ausgerüstet hat, die moralische Welt zu erleuchten und die Orakel der Wahrheit zu sein!

(*Sympathien*)

[...] untersuchen Sie Sich selbst genau, ob Sie im Schoße Ihrer lieben Muse allenfalls auch bei einer Mahlzeit von Kartoffeln und Brunnenwasser glücklich sein können.

(*Briefe an einen jungen Dichter*)

II

»O! Mein Freund! ich liebte damals einen Engel«

Frauen

Sophie Gutermann von Gutershofen,
verh. von La Roche (1730–1807), Wielands Verlobte.
Pastell, vermutlich von Johann Heinrich Tischbein d. Ä., um 1750

[…] an dem abenteuerlichen Gedicht über die Natur der Dinge half mir die Liebe arbeiten. O! Mein Freund! ich liebte damals einen Engel. […] Die Liebe entwickelte ein System in mir, und die Liebe begeisterte mich, es poetisch vorzutragen. Meine S.[ophie] liebte diese Art von schriften, und ich hatte ihr in einer zärtlichen Stunde versprochen, Ihr mein System in Verse einzukleiden. Ich fing im Februar 1751 an, dazumal war ich ein Einsiedler in Tübingen und im April des gleichen Jahres hatte Herr Meier in Halle schon mein Manuscript. Eben dieser werten Creatur zulieb sind auch die Moralischen Briefe, und der Anti-Ovid geschrieben. –

(*An Zimmermann, 25./26. Juni 1756*)

Tübingen, um den 25. Mai 1752

[…] Liebster Freund! Verlangen Sie noch mehr von mir als ich im Lobgesang auf die Liebe getan habe. Ist er nicht platonisch genug. Soll ich aufrichtig reden, so halte ich die platonische Liebe, die uns bloß intellektualisch haben will, vor* eine chimere** aller chimeren. Nach meinem System gibt es keine unverkörperten Geister, und die Engel umarmen sich ebensowohl als wir. […] Ohnerachtet ich mit Wahr-

* für.
** ein Trugbild.

heit sagen kann, dass ich unter den zärtlichsten Küssen meiner Doris* unfähig gewesen, einen Gedanken zu haben, der die Tugend und die heilige Liebe beleidiget hätte, so sind doch meine vergnügtesten und schönsten Stunden nicht die gewesen, da wir geküsst, sondern die, da wir zu groß waren, zu küssen und da unsere Gedanken und Gesinnungen zu schön waren, durch Küsse ausgedrückt zu werden. Ich liebte meine Freundin unaussprechlich, eh ich sie sah. Meine Liebe hat was Höhers erweckt als hellgefärbete Wangen.

(*An Schinz*)

[Biberach, 23./24. 8. 1750]

Meine vielgeliebte Sophie,

Einzige, die mein Glück macht, ich bin zu voll vom Vergnügen, welches mir die Zärtlichkeit und die entzückenden und verbindlichen Manieren ebenso wie die hervorragenden Eigenschaften der schönen Seele meines Engels verursachen, um nicht schließlich aus meinem übervollen Herzen zu sprechen und Sie schriftlich sehen zu lassen – mir fehlen die Worte – dass Sie mich für immer zum glücklichsten aller Sterblichen machen werden. Ich habe in Ihnen gera-

* poetischer Name für Wielands Verlobte Sophie Gutermann von Gutershofen.

de diese einzigartige Person gefunden (denn Sie werden bald wissen, dass ich nur eine einzige Person lieben kann, und Sie sind genau der Engel, der alle nötigen Eigenschaften besitzt, meinem Herzen jede mögliche Zärtlichkeit zu geben und Beständigkeit und unendliche Zufriedenheit meinem Geist), diese einzigartige Person, sage ich, die, indem sie mich zum zufriedensten aller Menschen macht, alle meine Liebe und Hochschätzung auf sich zieht.

[...]

Und nun beglückwünschen Sie mich, meine werte, vielgeliebte Sophie, oh! beglückwünschen Sie mich, dass ich in Ihnen diese werte Person gefunden habe, die für mein Glück so nötig ist! Sie sind die einzige und werden immer die einzige sein, die meinem Geist und meiner Seele genügen kann. [...]

Glücklicher Sterblicher, der ich bin! Gott erhalte mir Sie und Ihre Liebe, meine werte Sophie, und ich werde es immer sein und so sehr sein, wie es ein Mensch nur sein kann.

(*An Sophie Gutermann*)

Ein Küsschen[†]

Ein Küsschen ist
Auch gar zu bald geküsst!
Kaum spitz ich die Lippen,
Es schlürfend zu naschen,
Kaum glaub ich's zu haschen,
So ist es entschlüpft.

Weg ist die Lust, sobald wir zählen müssen!
Wie leicht wird von gezählten Küssen
Einer überhüpft!

(*Das Urteil des Midas*)

Komm, Doris, lass uns küssen,
Da Alles scherzt und küsset,
Und die Natur empfindet.
Der Zephir* küsst die Rosen,
Der Bach die jungen Blumen,
Und ich will Doris küssen.
Wie süß sind Deine Küsse!
Wie fühlt die ganze Seele!
Wie taumelt sie in Freuden!
O, Nichts gleicht Deinen Küssen!
Nein, keine von den Freuden,

* Westwind.

Um die ich sonst die Freuden
Der Toren gern entbehre.
So lieblich ist kein Zephir,
Den wir in Rosenbüschen,
Erhitzt vom Mittag, atmen.
So trunken von Entzückung
Wallt nicht mein fühlend Herz auf,
Wenn Milton* Even singet,
Als wenn mich Doris küsset;
Ja, seine Paradiese,
Die wären vor** mich wüste,
Wenn ich in ihren Lauben
Nicht Doris küssen könnte.

(*Acht Oden. VI. Ode*)

Lass uns unersättlich küssen![†]

Kuss, bezaubernd süße Wollust,
Freude, nur den Edlen fühlbar,
O, wie soll ich Dich beschreiben?
Bist Du ein Geschenk des Himmels?

Hat die jugendliche Liebe,
Da sie noch auf Erden wohnte,

* John Milton (1608–1674), Verfasser des berühmten *Paradise Lost* (*Das verlorene Paradies*).

** für.

Mit der Rose Dich erfunden?
Hat der erste aller Menschen
Dich den Engeln abgelernet?
Bist Du ein Zusammenfließen
Zärtlicher, vertrauter Seelen,
Die in süßen Freuden schwimmen?
Nein! Ich will dich nicht beschreiben,
Im Beschreiben fühl ich minder.
Nein, ich will Dich nur empfinden;
Doris, ohne viel zu grübeln,
Lass uns unersättlich küssen!

(*Acht Oden. VII. Ode*)

Weimar, den 26 October, 1777

Sophie! schier* wäre mir: Engel! aus der Feder gefallen, – im Herzen hatt ich's – Sie sind doch meine liebe, gute Sophie – mit allen Ihren kleinen Weiblichkeiten und eben darum, warum wir andern Isegrimme** manchmal missmutig und rapplicht werden, nur desto liebenswürdiger! Verzeihen Sie mir und vergessen Sie alles Vergangene und lassen Sie uns wieder von vorne anfangen. Ich denke wir sind alt und weise genug, um unserm Herzen den Lauf zu lassen und uns so viel lieben zu dürfen, als wir können. – Nicht

* fast.
** Wolf in der Tierfabel, hier: mürrischer Mensch.

wahr, ich bin unartig? – aber nehmen Sie mich nur just, wie ich bin! Viel bessers finden Sie in dieser insipiden* Welt doch nicht!

Sie sind eine herrliche Frau, dass Sie mit Ihrer Max nach Mannheim kommen und Rosamunden hören wollen. Der bloße Gedanke Sie da wieder zu sehn, macht mich jauchzen. Ach! Sophie! ein einziger Augenblick Gegenwart von Angesicht zu Angesicht – wieviel Verworrenes und Dunkles löset und hellet das auf! Wie verschwinden da alle Zweifel, alle Missverständnisse!

(*An Sophie von La Roche*)

Nichts ist wohl gewisser, als dass ich, wofern uns das Schicksal nicht im Jahre 1750 zusammengebracht hätte, kein Dichter geworden wäre.

(*An Sophie von La Roche,*
20. Dezember 1805)

Die Liebe […] ist unstreitig der beste und wohltätigste unter allen unsern Trieben, so wie er der süßeste ist; – […] Sie ist die wahre Seele des Menschen, welche alle seine Empfindungen entwickelt, alle seine Fähigkeiten in Bewegung setzt. Ohne die Liebe

* geschmacklosen; auch albernen, törichten.

des Schönen, ohne die sympathetischen Neigungen, ohne die Liebe des Vergnügens überhaupt würde der natürliche Mensch nichts zu tun haben als zu essen, zu schlafen und sein Geschlecht zu vermehren, wie jedes andre Tier; er würde der König der Affen sein, – und selbst dieser Vorzug würde ihm von den stärkern und mutigern Pongos streitig gemacht werden.

(*Koxkox und Kikequetzel. Eine mexikanische Geschichte*)

Die Frauen [...] sind für uns Männer ewig Rätsel [...]

(*An Rochlitz, 28.–30. Januar 1806*)

III

»Ich bin nicht mehr der, der ich war …« Umwälzendes

Ich bin nicht mehr der, der ich war, mein lieber Zimmermann; ich erstaune nicht darüber, dass ich einmal Schwärmer, Hexameterschmied, Asket, Prophet und Mystiker war. Seit langem habe ich all das hinter mir gelassen und befinde mich naturgemäß auf dem Punkt, von dem ich vor zehn Jahren ausgegangen bin. Plato hat Horaz weichen müssen, Young* Chaulieu**, die Harmonie der Sphären den Melodien Galuppis*** und den Symphonien Jomellis†, und der Nektar der Götter dem ungarischen Tokaier. Das ist viel Veränderung, ohne dass das, was das wahre Verdienst eines rechtschaffenen Menschen ausmacht, die geringste Einbuße erlitten hätte.

(*An Zimmermann, 8. November 1762*)

* Edward Young (1683–1765), englischer Dichter.
** Guillaume Amfryre de Chaulieu (1639–1720), französischer Dichter.
*** Baldassare Galuppi (1706–1785), italienischer Opernkomponist.
† Niccolò Jomelli (1714–1774), italienischer Komponist.

Biberach, am 10. August 1768

[…] Was für eine Freude für mich, dass Sie erst 25 Jahre haben! In Ihrem Alter war ich noch weit davon, einen so richtigen Geschmack und eine so gesetzte Denkungsart zu haben. … Und doch war es um dieselbe Zeit, da eine große Revolution in mir vorging, durch welche der Grund gelegt wurde, mich zu gleicher Zeit zu einem erträglich brauchbaren Subjekt an der Spitze einer reichsstädtischen Kanzlei, zu einem Autor von Idris und Agathon, und (wie man mir schmeichelt) zu einem ganz angenehmen Gesellschafter für Leute, die etwas mehr als Cannibalen und Orang-Utangs sind, zu machen.

(*An Riedel*)

Biberach, 25. 10. 1760

[…] Ich habe […] während dieser acht Jahre, die wir nun getrennt sind, so viele Veränderungen durchgemacht, dass wir einen Umgang von vielleicht mehreren Monaten nötig hätten, dass Sie mich wieder kennen würden oder vielmehr dass Sie sich ein wahres und deutliches Bild von meinem Charakter machen könnten. […] Für die Ruhe meiner Seele wünsche ich, dass Sie einigermaßen hässlich geworden sind, denn ich muss Ihnen gestehen, ich bin kein solcher waschechter Platoniker. […] ich bin ein großer Anhänger der Sinne. [...] ich schwöre Ihnen, dass alle Philosophie der Welt nichts vermag gegen die Beredsamkeit eines Korallenmundes und eines Alabasterhalses. [...] ich habe meine Pflicht getan, ich habe Sie gewarnt; ich wollte Sie nicht darüber im unklaren lassen, dass meine gegenwärtige Tugend nicht mehr das ist, was sie mit 18 war, und dass Damen wie Sie vor mir nicht mehr so sicher sind, wie sie es früher einmal waren.

(*An Sophie La Roche*)

Der Mademoiselle Bondeli ist es vollkommen gelungen, mich zwei ganze Stunden lang verdrießlich zu machen. Das ist ein schreckliches Mädchen, diese Mademoiselle Bondeli. Sie redete mir in Einem Zuge von Platon und Plinius, Cicero und Leibnitz, Pfaff, Aristoteles und Locke, von rechtwinklichten, gleichschenklichen Dreiecken und was weiß ich sonst; sie redete von Allem. Nichts in der ganzen Natur ist der äußersten Schnelligkeit ihrer Zunge zu vergleichen; sie spricht so schnell, dass es nicht möglich ist, ihr mit den Gedanken zu folgen; sie hat Geist, Kenntnisse, Lektüre, Philosophie, Geometrie, sphärische Trigonometrie, aber auch die Gabe, aufs höchste zu missfallen. Die dummen Weiber sollen leben! ... Es giebt kein Mädchen im Oberlande, das ich dieser gelehrten Bondeli nicht vorziehen würde. Sie hat mich in eine wütende Laune gegen sie gesetzt. Vielleicht dass sie mir bei einem zweiten Male besser gefällt. Aber ich zweifle daran. Ich habe bis jetzt nur wenig Weiber gesehen, aber an allen vermisse ich etwas. Die eine ist zu dumm, die andre zu gelehrt, die eine hat zu wenig Geist, die andre zu viel Launen und Grillen; dieser fehlt's am Äußern, jene gefällt nur, wenn sie schweigt.

(*An Zimmermann, 4. Juli 1759*)

Biberach, den 20. Dezember 1762

[...] Sie muntern mich zur Fortsetzung des Agathon auf. Wie leid ist mir's, dass sie nicht von meiner Willkühr abhängt! Meine Umstände gehen ein wenig tyrannisch mit mir um. Können Sie glauben, dass ich nun etliche Wochen damit verderben muss, ein von mir gefordertes Specimen Jurisprudentiae* zu verfertigen, ohne welches ich in Gefahr stehe meine Stelle auf eine höchst unangenehme Art zu verlieren. Was für Mut kann man in solchen Umständen haben? Es wundert Sie billig, dass ich in den unbegreiflich tollen und alle Geduld ermüdenden Umständen des 1761 und 62 Jahrs den Agathon schreiben konnte. Verwundern Sie Sich weniger oder mehr, wenn ich Ihnen sage, dass es eine kleine Sängerin** war, die dieses Wunder würkte? Die Serenen, die Sophie die Julie kurz die Se-

* lat.: Probearbeit der Rechtswissenschaft.

** Christine Hogel.

raphischen* und Cherubinischen** Damen haben mich jeden Augenblick von Seligkeit den sie mir zu kosten gaben, mit zwanzig Jahrhunderten von Qual und Verdammnis (Jahrhunderte der Imagination!) bezahlen lassen. Meine kleine Philomele*** ist das einzige Mädchen in der Welt, das mir nichts als Gutes getan hat. Ohne sie würd ich tausendmal unter der Last der Verzweiflung erlegen oder in Anstößen von Trübsinn, Unmut und Wildheit auf verderbliche Extremitäten gefallen sein. Sie sehen leider, liebster Zimermann, dass ich noch weit entfernt bin, weise zu sein; aber, ich bitte Sie, lassen Sie mir meine Sängerin, ich will Ihnen dafür auch gewiss versprechen, dass ich nicht bei meiner Haushälterin schlafen will –

(*An Zimmermann*)

Biberach, den 29. August 1764

[...] mein Schicksal ist insoweit entschieden, dass ich nun auf all mein Lebenlang ein zwar ziemlich mühseliges, aber doch einträgliches und honorables Amt habe; ein Umstand, der doch allezeit die Basis von meiner Ruhe ausmacht, und mich über die niederschlagenden Nahrungs-Sorgen hinwegsetzt. Nun

* Seraphim (Singular: Seraph): sechsflügelige Engel an der Spitze der Engelshierarchie, seraphisch, engelsgleich.

** Cherubim (Singular: Cherub): geflügelte Engelswesen; mit den Seraphim an der Spitze der Engelshierarchie.

*** Philomele: Nachtigall.

geht mir von den Bedürfnissen des menschlichen Lebens nichts ab als ein Weib, und da ich durch den Tod meines Bruders die Ehre habe, der einzige von meiner Familie zu sein, so werde ich von meinen lieben alten Eltern über diesen Punkt so sehr in die Enge getrieben, dass ich bald genötigt sein werde, in die ganze Welt um ein Weib auszuschreiben. Hier findet sich keine vor* mich; denn ich sollte eine hübsche, gescheidte, muntre und womöglich eine reiche Frau haben, und die drei oder vier Jungfrauen, welche hier, standshalber, ein Recht an mich haben könnten, sind entweder schön und dumm, oder dumm und hässlich dazu. Ich wollte dass sich in denen dreizehn hochlöblichen Cantonen ein artiges Mädchen fände, die soviel Christliche Liebe hätte, einen ehrlichen Biberachischen Canzleidirector, der ganz hübsche Verse macht, von seinem Amt ungefehr 1000 fl.** Einkünfte hat und die zärtlichste Seele von der Welt ist, glücklich zu machen. Wenn Sie eine wissen, mein Liebster Freund, so rekommandieren sie mich; ich bitte gar schön. [...] Ich kann noch nicht uneigennützig sein; aber lassen Sie mich nur ein reiches Weib bekommen, so sollen Sie Wunder sehen. Ich werde eine solche entsetzliche Menge Verse machen, dass ich noch Geld dazu werde geben müssen, um sie nur gedruckt zu sehen.

(*An Salomon Geßner*)

* für.

** florin (frz.): Gulden.

Mamilia. In: »Peregrinus Proteus«.

Kupferstich von Johann Heinrich Ramberg.
Klassik Stiftung Weimar, Goethe-Nationalmuseum

IV

»Ein Busen reizt, der jugendlich gebläht ...«
Verführerisches

Ein Busen reizt, der, jugendlich gebläht,
Die Augen blend't und niemals stille steht;

(*Musarion, 3. Buch*)

Die Augen schwammen, ergetzt, befriedigt, trunken von Lust,
Auf schönen Formen dahin, vergaßen sich im Schauen
Und irrten von Reiz zu Reiz, von schwarzen Augen zu blauen
Und von der reifen Brust,
Die, vollen Trauben gleich, zum Pflücken winkt,
Zu jener hin, die, wie ein Lilienbeet,
Von Amors Hauch zum ersten Mal gebläht,
In schönen Wellen steigt und sinkt.

(*Die Grazien, 4. Buch*)

O Nymphe mit dem Lilienbusen[†]

PAN *(mit viel Gestikulation).*
O Nymphe mit dem Lilienbusen,
Wie lange willst Du grausam sein?
Sieh, wie Dein Pan die ganze Nacht
An Deinem Ufer sitzt und wacht,

Vom Mond bescheint,
Und seufzt und weint
Und klagt Dir seine Pein!
Wie kann Dein Herz so fühllos sein
In einem solchen Busen?
So zart,
So fein
Und doch so hart,
Als wär's in Stein
Verwandelt von Medusen!*

KÖNIG MIDAS. O bravo, bravo, Pan! das nenn ich singen!
Das heißt Musik! – Ancora, guter Pan!
Das musst Du uns noch einmal bringen!

PAN *(mit Variationen).*
O Nymphe mit dem Lilienbusen,
Wie kannst Du unerbittlich sein?

* In der griechischen Mythologie ein geflügeltes Ungeheuer mit Haaren aus Schlangen, dessen Blick jeden zu Stein erstarren lässt.

Ich spiel auf meinem Haberrohr*
So manch herzbrechend Lied Dir vor,
Und Du, und Du,
Du lachst dazu
Und höhnest meine Pein!
Wie kann Dein Herz so fühllos sein,
Als wär's in Stein
Verwandelt von Medusen
So warm, so zart
Und doch so hart,
In einem solchen Busen!

KÖNIG MIDAS *(indem er ganz außer sich vom Thron herabsteigt)*.
Genug! genug! es ist nicht auszuhalten!
(Er zieht sein Schnupftuch heraus und wischt sich die Augen.)

THALIA. Ja wohl! die Nymphe muss von Alabaster sein,
Die so was hören kann und nicht zerschmilzt.

KÖNIG MIDAS *(den Gesang Pans nachahmend)*.
»O Nymphe mit dem Lilienbusen«, –
Das nenn ich reine Melodie!
Das heißt Musik! – »Und Du, und Du,
Du lachst dazu!« – Da ist Natur und Ausdruck!
(Die Musen können das Lachen nicht länger zurückhalten.)

* Hirtenpfeife.

Was giebt's zu kichern? he? – Die Närrinnen!
Zu lachen, wo sie weinen sollten! Ha, ha, ha, ha!

Das hat kein Eingeweide, keine Seele!
Das schmeckt und fühlt nicht! – Basta! desto schlimmer
Für Euch!

(*Das Urteil des Midas*)

Sie kam, gelehnt an ihrer Nymphen eine,
Um, lechzend von des Tages strengem Brand,
Im frischen Duft der Pomeranzenhaine
Sich zu ergehn. Ein leichtes Nachtgewand,
So zart, als hätten Spinnen es gewebet,
Umschattet ihren Leib, und nur ein goldnes Band
Schließt's um den Busen zu, der durch die dünne Wand
Mit schöner Ungeduld sich durchzubrechen strebet.

(*Oberon, 11. Gesang*)

[…] ein Busen, dessen Glanz
Den Schnee beschämt, sei nicht gemacht, von Händen
Gedrückt zu sein, und einen kleinen Mund,
Der reizend spricht und lacht, um einen Kuss zu pfänden,

Sei Hochverrat. – »Wer kann so schön Dich sehn«,
So fährt Herr Phallus fort zu krähn,
»Und mehr, als Dich zu sehn, verlangen?
Die Seele, die Dich anschaut, streift
Flugs ihren Körper ab, so wie verjüngte Schlangen
Die alte Haut; sie fliegt empor, durchschweift
Ihr neues Element, die Rosen Deiner Wangen,
Die Lilien Deiner Brust, vergisst
Der Sinnen letzten Wunsch und fühlt, dass wahrer Liebe
Die Liebe selbst die höchste Wonne ist.«

(*Der verklagte Amor, 4. Gesang*)

Wenn eine Frau die Neugier eines Mannes geflissentlich erregt, so macht sie sich dadurch anheischig, sie zu befriedigen.

(*Aristipp. I. Teil, I. Buch, 23. Brief: Lais an Aristipp*)

Nur den kühnen Liebhaber belohnt Amor mit seinen Freuden und bestraft Den mit verdienten Schmerzen, der nur Seufzer wagt.

(*Araspes und Panthea, 4. Abt.*)

Ein wollüstiges Feuer ergießt sich durch ihr ganzes Wesen, sie sehen und hören nichts als das Objekt ihrer Passion, alles übrige wird ihnen gleichgültig, sie schmachten nach ihm, sie atmen nach unbekannten Freuden, und Vereinigungen, und ihre Seele hat sich so sehr aus sich selbst verloren, dass sie ganz mit dem geliebten Gegenstand zusammenzufließen wünscht. So würket die sinnliche Liebe.

(*Sympathien*)

Schöne, junge, wollustatmende nackte Mädchen sind darum noch keine Grazien. Sie können dazu erhoben werden; aber diese Apotheose* kann nur in der Einbildungskraft eines Apelles, eines Raphael oder Correggio, und auch da nur mit Hilfe einer außerordentlichen Begeisterung vorgehen.

(*Die Grazien. Ein Gedicht in sechs Büchern, 2. Buch*)

Aber die Geschichte der Grazien zu schreiben, setzt Offenbarungen voraus, die nur von ihnen selbst herrühren können. Nichts ist freilich leichter, als immer von Pierinnen und Charitinnen zu schwatzen und auf allen Seiten Musen und Busen zusammen zu rei-

* Vergöttlichung.

men. Das giebt Einem doch die Miene, als ob man mit den Grazien und den Musen und den schönen Busen wenigstens so bekannt sei als die Dichter, welche Günstlinge der Ersten sind, und die Lieblinge der Letzten zu sein verdienen. Aber ich wollte für mehr als einen dieser guten Sänger schwören, dass die Muse, die ihn begeistert, mit ihren Grazien und mit ihrem Busen weder mehr noch weniger als eine – Trulla oder Maritorne ist.

(*Die Grazien. An Danae*)

Ein Liebhaber ist über jeden Blick, den ein Andrer auf die Gebieterin seines Herzens wirft, eifersüchtig und verlangt doch, dass die ganze Welt vor seinem Abgott auf den Knieen liege.

(*Menander und Glycerion*)

[...] bei den Weibern hat der Überwundene gegen den Sieger immer Unrecht.

(*Menander und Glycerion*)

Biberach, den 27. Juni 1765

Es freut mich dass Ihnen die Erzählungen gefallen aber soll ich Ihnen die Wahrheit sagen? Ich höre nicht gern, dass sie sogar einem vieljährigen Ehmann und einem – so weisen Mann, [...] Erectionen machen. Gott sei bei uns! was werden sie bei Knaben von 18 Jahren, was werden sie bei vorwitzigern Mädchen, übel versorgten Weibern und untröstbaren Wittwen für Würkungen tun! Mir schauret, wenn ich daran gedenke. In vollem Ernst, mein Freund, ich dachte nicht so weit; aber glauben Sie mir, wenn ich gleich kein platonischer Schwärmer mehr bin, so hasse ich doch den Gedanken, Ärgernis zu geben und der Urheber von sittlichen Übeln zu sein, trösten Sie mich wenn Sie können; denn ich versichre Ihnen dass Sie mit diesem einzigen Wort eine ganze Reihe von Embryonen komischer Erzählungen in meinem Kopf abgetrieben haben. [...] wie wird es erst gehen, wenn einmal irgend ein Sünder vor einem Chorgericht erscheinen und die Erectionen, die ihm Aurora oder Endymion gemacht, als die Ursache seiner Vaterschaft von irgendeinem Jungfern-Kind angeben wird! Und doch gesteh ich, dass mich's am wenigsten verdrießen würde, wenn ein paar Schock* hübsche Buben und Mädchen, ihr Dasein es sei nun, auf welche Art es wolle, meiner Muse zu danken hätten. Sein ist immer besser als Nichtsein: ein Mädchen das zu gleicher Zeit einen armen Kerl in seinen Bon-Sens restituiert** und die Gesellschaft mit einem Mitglied beschenkt, tut et-

* 1 Schock = 5 Dutzend = 60.

** in gesunden Menschenverstand zurückversetzt.

was wofür man sie, statt zu bestraffen; öffentlich belohnen sollte.

(*An Zimmermann*)

Ein Frauenzimmer findet allezeit ein Vergnügen darin, Begierden einzuflößen, auch wenn sie nicht gesonnen ist, sie zu vergnügen. Die Spröden selbst sind von dieser Schwachheit nicht ausgenommen. Wozu brauchen wir von einem Liebhaber zu hören, dass wir reizend sind? Wir wollen es aus den Wirkungen sehen, die wir auf ihn machen. Je weiser er ist, desto schmeichelnder ist es für unsre Eitelkeit, wenn wir ihn aus seiner Fassung setzen können. Nein, Du begreifst nicht, wie sehr das Vergnügen, alle die Torheiten zu sehen, wozu wir diese Herren der Schöpfung bringen können, alles Andre übertrifft, das sie uns zu geben fähig sind. Ein Philosoph, der zu meinen Füßen wie eine Turteltaube girrt, der, mir zu gefallen, seine Haare und seinen Bart kräuseln lässt, der alle Wohlgerüche von Arabien und Indien um sich duftet und, um sich bei mir einzuschmeicheln, meinen Schoßhund liebkost und Oden auf meinen Sperling macht, – ah! Hippias, man muss ein Frauenzimmer sein, um zu begreifen, was dies für ein Vergnügen ist!

(*Geschichte des Agathon,*
I. Teil, 4. Buch, 3. Kapitel)

Das Glück und die Liebe haben oft wunderliche Launen.

(*Menander und Glycerion*)

Bei allen Huris* des Paradieses, das nenn ich eine Frau! Zu meinem Unglücke hatte sie den einzigen Fehler, dass sie ein wenig zu eilfertig in ihren Sachen war und nicht aufhören konnte. In wenig Wochen war meine Stimme weg, und ich wurde so dünn, dass die Sonne durch mich schien.

(*Geschichte des weisen Danischmend, 8. Kapitel*)

Sobald der Mensch nur ein Glied an seinem Leibe hat, dessen er sich schämen muss, hat er seine Unschuld verloren. Man tadelt es, dass nackte Figuren da aufgestellt werden, wo Mädchen im Hause sind. Hätte ich nur recht viel, ich wollte alle meine Zimmer davon anfüllen. Warum ziehn wir denn den Hunden und Ochsen nicht auch Hosen an? Der heiligste Naturtrieb ist durch Pfafferei entadelt und verschrien worden. Um dieser Bigoterie zu entgegnen habe ich solche Themen ausgemalt, die ich absicht-

* Nach dem Koran mit unvergänglichen Reizen ausgestattete Jungfrauen, die die Rechtgläubigen nach dem Tod mit sinnlichen Freuden belohnen.

lich gegriffen habe, nicht dass sie mir, wie Schiller beliebt zu sagen, unglücklicherweise in die Hände gefallen wären.

(*Zu Böttiger, Ende 1795*)

[...] damals herrschten in den reichsten und üppigsten Städten Griechenlands ganz andre und ungleich losere Begriffe vom Anständigen als bei uns.
So würde es z. B. höchst unanständig und gegen den Respect des Gerichts befunden werden, wenn ein heutiger Advocat den schönen Busen seiner Clientin entblößen wollte, um die Richter zu einem milden Urteil zu verführen. Er möchte sich noch so laut auf das Beispiel des berühmten Athenischen Sachwalters Hyperides berufen, der sich dieses Behelfs bei der schönen Phryne mit bestem Erfolg bediente; man würde das Präjudiz nicht gelten lassen, und er selbst sowohl als seine Clientin würden sich sehr übel dabei befinden, so geneigt auch die Herren des Gerichts ingeheim sein möchten, sich in einem Tête à Tête von der Giltigkeit der produzierten Evidenz überzeugen zu lassen. In Athen hingegen ärgerte sich kein Mensch an diesem, wiewohl ungewöhnlichen Advocatenstreich, und die Dame wurde ohne weitere Untersuchung losgesprochen. Im Vorbeigehen kann diese Geschichte auch zum Beweis dienen, dass ein sehr schöner Busen nichts Alltägliches zu Athen gewesen

sein muss. »Die Richter«, sagt Athenäus, »wurden bei dessen Anblick so frappiert, dass sie, von einer heiligen Scheu (δεισιδαιμονία) ergriffen, es nicht über ihr Gewissen bringen konnten, einer so schönen Priesterin der Venus das Leben abzusprechen.
Da die Rede hier von Phryne ist, erinnere ich mich einer andern Anekdote, die von ihr erzählt wird. [...] »Phryne war«, wie der angezogene Autor versichert, »vorzüglich an denen Teilen schön, welche bedeckt werden; auch war es nichts Leichtes, etwas von ihr entblößt zu sehen; denn sie pflegte sich so knapp zu kleiden und so stark einzuhüllen, dass nicht das Mindeste von der bloßen Haut sichtbar werden konnte, badete sich auch niemals in öffentlichen Bädern.« Indessen fand sie doch einst für gut, eine Ausnahme von dieser Regel zu machen und an einem Feste des Neptuns zu Eleusis den mystischen Schleier von sich zu werfen, um eine unendliche Menge Augen auf einmal zum Anschauen dieser geheimen Schönheiten, die sie sonst so sorgfältig vor profanen Blicken zu verbergen pflegte, zuzulassen. Unverblümt von der Sache zu sprechen – die Nymphe stieg vor allem Volke nackend ins Meer und nackend wieder heraus; und nach dem Modell, das sie bei dieser Gelegenheit den griechischen Künstlern gab, arbeitete Praxiteles, einer ihrer begünstigten Liebhaber, die nachmals so berühmte Knidische Venus.

(*Über die Ideale der griechischen Künstler*)

V

»Wie können Verse mit Akten sich vertragen?«

Broterwerb

»Wie können Verse mit Acten sich vertragen?«
So hörten am Fuße des grinsenden Marsyas schon
die Musen ihren Lieblingssohn,
den Lehrer der schönen Kunst, die Mädchen zu
fangen, klagen;
so klagte am Arno der Sänger der schönen Angelica
schon,
so klagten Marino und Tasso – und, nichts von
andern zu sagen,
ich selbst, in meinen bessern Tagen,
wie oft, wenn ich, wie sanft! in Musenarmen schlief,
und plötzlich aus den lieblichsten Gesichten
das heisre Glöckchen mich zur Ratsversammlung
rief,
um zwischen Trax und Stax zu schlichten und zu
richten,
wie oft, wenn ich bis an die Ohren tief
in muffigten Papieren steckte
und was ich suchte, mich oft halbe Tage neckte
und wenn es mir schon in die Hände lief,
wie Maros Galathee, flugs wieder sich versteckte:
wie oft betäubt' ich da mit diesem Klageton

der holden Musen zarte Ohren?
Und dennoch wurden mir, dem Bartelus zum
Hohn,
in jenen Tagen Agathon,
Musarion, Endymion,
der neue Amadis und Idris selbst geboren;
verstohlner Weis erzeugt, und falls mich etwa
nicht
ein zärtlich Vorurteil zu ihrer Gunst besticht,
nur desto glücklicher geboren!
und eben weil Mama Natur
zu ihrer süßen Zeugung nur
die Augenblicke bald Auroren,
bald später Nacht, und o! wie manchesmal
den lieben goldenen Marientagen* stahl,
um so viel glücklicher geboren!
O Du, den gleich, wie Du den Tag erblickt,
der Musen lieblichste an ihre Brust gedrückt,
lass, edler Freund und Zögling der Camönen,
mein Beispiel mit den Akten Dich versöhnen!
lass ungehascht der Stunden Keine fliehn,
wenn Themis – wie bei uns sich Frau Schicane
nennt –
Dir freie Atemzüge gönnet,
und wenn ein Genius, Faun oder Amorin,

* Anm. Wielands: »An den sogenannten Marientagen, so wie an allen anderen römisch-katholischen Festen sind in Biberach, meiner Vaterstadt, Rathhaus und Kanzley geschlossen.« W.

Dich in die heil'gen Schatten ladet,
wo sich die Grazie im Aganippe badet.

Wieland.

(*An von Manteuffel, 20. September 1787*)

[...] in dieser kleinen Reichsstadt, worin ich Aktenstaub schlucke. [...]

(*An Schubart, 1. Oktober 1766*)

Biberach, den 29. August 1764.

Nehmen Sie Sich in Acht, mein Liebenswürdigster Freund, ihr Lob wird mich stolz machen, es wird den Taumel der poetischen Wut womit ich würklich für einen Reichs-Städtischen Stadtschreiber schon zu sehr behaftet bin, auf einen solchen Grad treiben, dass ich zuletzt sogar meine Protokolle und die schönen Sächelchen, die sich mit Nachdem und Welchergestalten anfangen, in verdoppelten Reimen konzipieren werde, und bedenken Sie was für neue Erschütterungen das in unsrer Republik verursachen müsste! So barbarisch meine Landsleute immer den Ausländern, die das Unglück eines zerbrochnen Rads an ihrer Postchaise oder ein andrer Zufall von dieser Art nach Biberach nötigt, vorkommen mögen, so würde sich doch vielleicht ihr kleiner Hochmut nicht dazu bequemen wollen, ihre Taten in Knittel-Versen zart auf die

Nachwelt bringen zu lassen; Sie würden ohnezweiffel in ihrem Unwillen so weit gehen die Frage aufzuwerfen, ob die Stadtschreiberei nicht incompatibel mit dem Poetischen Handwerk sei? (denn bei uns ist die Poesie wie die Malerei ein Handwerk, und unsre Zunft ist würklich sehr übersetzt) diese Frage würde uns wieder in Parteien teilen, und der letzte Betrug könnte noch ärger als der erste werden.

(*An Salomon Geßner*)

Biberach, den 7. Jenner 65.

[...] – Urteilen Sie, mein lieber Freund, mit welchem Mut ich in diesem Augenblick, da ich drei Tage hintereinander mit einer Inventarisation zugebracht, an einem mit Akten und Protokollen überlegten Tische sitzend, in diese Zeiten meiner heitern, der Liebe und den Musen geweihten Jugend zurücksehe? Einsam in einem Hause, dessen weite Gemächer von Niemand bewohnt sind, als von mir selbst, einem dummen Tier von einer Magd, etlichen alten magern Ratzen*, und einem Gespenst, das, der uralten Observanz gemäß, alle Nacht um Zwölf Uhr unsichtbar auf einer geheimen Treppe vom Rathause in die Kanzlei herabsteigt und sich eine Stunde lang amüsiert, die alten Protokolle zu durchblättern – einsam, ohne

* Ratten.

Freunde, (denn die einzigen, die ich in diesem barbarischen Lande habe, sind doch eine Stunde weit von mir entfernt) ohne Ergötzungen, ohne ein Mädchen, das mir durch eine Arie von Galuppi die Grillen wegsingen, oder durch Küsse, die sie von mir selbst zu geben gelernt, [...] mir wenigstens einen täuschenden Schatten jener zaubrischen Wonne der Jugend wiedergeben könnte – Wenn die ernsthafte Weisheit Ihr Herz nicht ganz verhärtet hat, so sagen sie mir, ob das nicht ein armseliges Leben ist? So gar die Musen sind, vielleicht auf ewig, von mir geflohen, ach! von diesem untröstlichen Augenblick an, da ich durch einen Fluch, den mir die Götter verzeihen wollen, meine Zeit, meine Schreibfinger und meine armen Musculos clutaeos* dem Dienst der Stadt Biberach verpfändet habe! Erwarten Sie nur keinen Agathon, und keine Erzählungen mehr – Wieland hört auf Ihnen Spaß zu machen; seine Stecken-Pferde sind ihm weggenommen, und bald bald wird die ansteckende Dummheit einer Rats-Stube den wenigen wässrichten Geist noch vollends auftrocknen, den ihm ein fünfjähriger Auffenthalt unter den unwissendsten, abgeschmacktesten, schwermütigsten und hartleibigsten unter allen Schwaben noch übriggelassen haben mag.

(*An Zimmermann*)

* Gesäßmuskeln.

Biberach, den 24. August 1768

[…] Zu eben der Zeit also, da Sie mir sagen, dass Sie gerne mein Porträt hätten, sage ich Ihnen, dass Ihnen eines zu Diensten steht. Aber seitdem ich weiß, dass Sie das meinige zwischen ein paar artige Mädchen stellen wollen, bin ich sehr versucht, Ihnen nichts zu schicken. Denn ich sage Ihnen im voraus, dass ich ganz und gar nicht schön bin, ob ich gleich weiß, warum mich die Mädchen, alte und junge, immer gern gehabt haben, wie ich Ihnen (glaube ich) letzthin schon meldete. Einem Kanzleidirektor sehe ich nun eben in meinem Bilde nicht sehr gleich; aber doch habe ich, leider! eine Perücke auf, und gucke mit einer ziemlich verdächtigen Miene in die Welt hinaus. Bei allem dem sollte mich's nicht verdrießen, von einem Wille mit einer so komischen Miene, als ein weiser Mann nur immer machen kann, […] in Kupfer gestochen zu werden.

(*An Riedel*)

Christoph Martin Wieland mit Perücke.

Öl auf Leinwand von unbekanntem Künstler, um 1768

VI

»… dass das Leben einer Schifffahrt gleicht« Weisheiten

[…] Er hatte gelernt, wie wenig man von Andern erwarten, wie wenig man auf ihre Mitwirkung Rechnung machen, und (was das Wichtigste für ihn war) wie wenig man sich auf sich selbst verlassen darf. Er hatte gelernt, wie viel man oft den Umständen nachgeben muss; dass der vollkommenste Entwurf an sich selbst oft der schlechteste unter den gegebenen Umständen ist – dass sich das Böse nicht auf einmal gut machen lässt – dass in der moralischen Welt, wie in der materialen, nichts in gerader Linie sich fortbewegt, und man also selten anders als durch viele Krümmen und Wendungen zu einem guten Zweck gelangen kann – kurz, dass das Leben einer Schifffahrt gleicht, wo der Steuermann sich gefallen lassen muss, seinen Lauf nach Wind und Wetter einzurichten; wo er keinen Augenblick sicher ist, nicht durch widrige Ströme aufgehalten oder seitwärts getrieben zu werden; und wo Alles darauf ankommt, mitten unter tausend unfreiwilligen Abweichungen von seiner vorgesetzten Richtung endlich dennoch so bald und wohlbehalten als möglich an dem vorgesetzten Ort anzulangen.

(*Geschichte des Agathon,*
III. Teil, 12. Buch, 1. Kapitel)

Wer bin ich?[†]

Wer bin ich? – Diese Glut
In meinem Busen, diese Ungeduld
Nach Taten, dieses unaufhaltbare Streben
Nach einem unbekannten Ziel,
Dies Hüpfen jeder Ader da,
Wo Andre beben,
Dies – was ich besser fühlen
Als mir erklären kann,
Wie nenn ich's, was den andern Erdensöhnen mich
So ungleich macht? was mich auf ihre Spiele,
Was auf den ganzen Kreis von ihren kleinen Sorgen,
Entwürfen, Freuden, Plagen kalt und unbewegt
Mich niederblicken heißt,
Wie man auf einen Haufen Kinder blickt,
Die sich um einen Apfel raufen?

Wer bin ich? Gab ein Halbgott, gab
Ein Gott das Leben mir?
Wie wallt mein Blut von diesem großen
Gedanken auf! Ich zittre nicht,
Indem ich ihn zu denken wage.
Ja, ja! es ist kein Wahn! Ich fühl's, ich fühl's,
Was diese Adern schwellt, ist Götterblut!
O Du, der mir von seinem Leben gab,
Unsterblicher,
Warum verbirgst Du Dich vor mir?

O zeige Dich! O lehre Deinen Sohn
Die Wege zum Olympus, lehre ihn
Sich Deiner würdig machen!

(*Die Wahl des Herkules*)

Von jeher gab es ordentlicher Weise nur zwei Wege, worauf ein ehrlicher Mann ohne Vermögen emporkommen konnte: entweder außerordentliche oder doch sehr ausgezeichnete Verdienste [...] oder, bei hinlänglicher Brauchbarkeit, die Gabe und Kunst sich angenehm und beliebt zu machen, in der Gesellschaft überhaupt, und vornehmlich bei denen, die am Ruder sitzen. [...] Mit einem harten ungeschmeidigen Kopf, mit satirischen Launen, mit beißend tadelndem und spottendem Witz, mit strengen Forderungen an andre bei großer Nachsicht gegen sich selbst, mit überspannten Begriffen und Grundsätzen, mit großer Einbildung von sich und geringer Meinung von andren, kommt niemand durch die Welt. [...]

(*An seinen Sohn Ludwig Friedrich August Wieland, 9.–16. August 1802*)

Immer Einerlei,
Auch wenn das Einerlei aus lauter Freuden
Gewebt wär', ist, beim Himmel! doch kein Leben.

Verändrung, Wechsel ist des Lebens Würze.
Auf Schmerz ist Wollust desto süßer, Ruh auf Arbeit;
Aus Dissonanzen webt der Musen Kunst
Die Zauberei'n der Harmonie; und Glück,
Mit Sorgen, Kampf, Gefahr und angestrengter Müh
Errungen, lohnt im Augenblicke des Genusses
Die Kosten tausendfach.

(*Pandora*)

Aus dem, was nun einmal nicht ungeschehen gemacht werden kann, muss man wenigstens das Beste, was noch möglich ist, zu machen suchen.

(*An Judith Geßner, 3. April 1803*)

Jede höhere Stufe, welche der Mensch betritt, erfordert eine andere Lebensordnung;

(*Der goldne Spiegel, I. Teil*)

Eine [...] meiner Lebensmaximen ist: meine Handlungen so wenig als möglich von den Meinungen andrer Leute abhangen zu lassen. Ich müsste mich sehr irren, wenn diese Regel nicht auch für Dich gemacht wäre. Endlich ist auch bei mir festgesetzt, dass die Person den Stand, nicht der Stand die Person adeln muss.

(*Aristipp, 1. Buch, 14. Brief: An Kleonidas*)

Ein Wahn, der mich beglückt,
Ist eine Wahrheit wert, die mich zu Boden drückt.

(*Idris und Zenide, 3. Gesang, 10. Strophe*)

Die Frage ist: wie sind die Sachen; nicht wie wünschen wir, dass sie sein möchten.

(*An Sophie La Roche, 5. August 1775*)

Verzweifle keiner je, dem in der trübsten Nacht
Der Hoffnung letzte Sterne schwinden!

(*Oberon, 1. Gesang, 27. Strophe*)

Lass uns nicht an unsrer Kraft verzweifeln, ehe wir versucht haben, wie weit sie gehen kann, und zu welchem Grade wir sie durch unablässige Übung oder da, wo es Not ist, durch ungewöhnliche Anstrengung erhöhen können!

(*Agathodämon, I. Buch, VI.*)

VII

»Man muss ein Tor oder ein Bösewicht sein, um nach dem Geschmack der Welt zu sein« Unerfreuliches

Die Ursache, warum ich auf die Universität* genötiget wurde, war, dass meine Eltern mich nicht sonderlich kennen, und mit Gewalt einen Juristen aus mir machen wollten. Meine Vorstellungen halfen nichts, und meine Landsleute, welche durchgehends in Absicht der Wissenschaften Barbaren sind, würden sich zu sehr daran gestoßen haben, wenn ich so zu Hause gesessen hätte. [...] Meine Landsleute sind von der Art, dass meine bisherige Schriften mich, anstatt mich zu empfehlen, um allen credit bringen. Einen poeten hält mann da vor** einen Zeitverderber und unnutzen Menschen, und einen Philosophen vor einen Schwätzer und Verdächtigen Grübler; beide Wissenschaften aber vor brodlose Künste, mit denen sich kein kluger Mensch viel einlässt. [...] Ich habe gegen alle Academien einen großen Widerwillen und würde es vor eine Straffe meiner Sünden halten, wenn ich die Pflicht hätte, einer Menge ungezogener und wilder Jünglinge, wie fast alle Studenten sind, Sachen vorzusagen, die sie zum Teil nicht hören oder

* Tübingen.
** für.

doch nur hören um sie sogleich wieder zu vergessen, und vor die ein Lehrer zu gut ist, der wieder die Gewohnheit Academischer Lehrer, sich vor ihr wahres bestes interessiert, und gerne seine Kräfte und seine Nächte dazu anwendete, die glückseligmachende Wahrheiten mit ihnen vertraulicher zu machen. Ich finde, dass ein Mensch der wie ich denkt, nur in wenigen Fällen brauchbar ist. Man muss ein Tor oder ein Böswicht sein, um nach dem Geschmack der Welt zu sein.

(*An Bodmer, 11. April 1752*)

Tübingen, den 26. und 28. März 1752

Indessen frage ich Sie doch, [...] ob es möglich ist, wenn man sich die Menschen, wie sie würklich sind, vorstellt, ohne Zorn anzusehn dass die Abscheulichsten Bösewichter, die lächerlichsten Toren, Gottesläugner, Feinde der Wahrheit und Tugend, Unterdrücker der Unschuld Unvernünftige Bestien, unter menschlichen Gestalten den Erdboden überwältigen?

Ich lebe noch nicht 19 Jahre, und habe doch genugsam Erfahren wie unergründlich boshaft die Menschen sind, und bin ich oft überdrüssig gewesen länger unter Dummköpfen und Bösewichtern zu leben. Zu sehen dass die Fürsten welche sich entschließen sollten wie Gott zu sein, Unmenschen oder Schöpse, und ihre Ministres größtenteils des Strangs würdiger als der Ordensbänder sind, dass die Großen und Reichen desto mehr Böses stiften je mehr sie Gutes tun könnten, dass es tausend niederträchtige Würmer giebt die diese bepurperten* und vergoldten Narren vergöttern und zu Mustern der Nachwelt machen wollen; dass endlich fast kein Mensch so klein und elend ist der nicht voll boshafter Begierden wäre andere noch elender zu machen als er ist; kurz, dass die gesunde Moral geprediget, und Hobbsens** und der Hechte Moral überall geübet wird; alles dieses zu sehen und nicht im Geist zu ergrimmen, ist einem Menschenfreund moralisch unmöglich. Die Tränen der leidenden Unschuld sind genug mich auf das heftigste gegen den Barbar zu erbittern der eine teuflische Freude daran hat, sie zu quälen -- Es ist wahr, tausend andere Betrachtungen sollen und können uns wieder mit den Menschen versöhnen, [...] allein diese Menschenfreundliche Gelindigkeit ist nicht die unumgängliche Pflicht eines Schriftstellers der auf die Laster, die Feinde der Menschen, losgehet, und einen gerechten Grimm gegen die vermaladeiten Vorurteile und Leidenschaften äußert, die uns unglücklich machen;

* mit Purpur verzierten.

** Anspielung auf den Philosophen Thomas Hobbes (1588–1679), dessen These, der Mensch sei dem Menschen ein Wolf, häufig zitiert wird.

welches freilich nicht geschehen kann ohne die Menschen selbst anzugreifen und Sie ihnen selbst zum Abscheu darzustellen.

(*An Schinz*)

[...] Freilich sind die meisten Menschen dumm, und viele boshaft. Aber die Dummen sind Schafe, deren blä, blä wenig zu bedeuten hat. Und mit den Bösen ist's wie mit den Hunden, sobald sie sehen, dass man sie fürchtet, so werden sie insolent* und packen an, geht man aber seiner Wege und achtet ihres Kläffens und Bellens nicht, so hören sie bald von selbst auf, und ziehen mit gesenktem Schwanz ab.

(*An Gleim, 19. Juni 1775*)

[...] Sie, mein Bester, sind einer von den Wenigen, welche mich zurückhalten, die Zeit worin ich lebe, anzupfuien – Verzeihen Sie dies ehrliche Schwaben-Wort – es sagt so eigentlich, was es sagen soll.

(*An Gleim, 18. April 1772*)

* anmaßend, unverschämt.

Die Welt ist voller Narren, darin stimmt Jeder mir bei
(Nur mit dem Vorbehalt, sich selber auszunehmen);
Doch, wie den Narren zu helfen sei,
Ist immer noch das schwerste von allen Problemen.

(*Der verklagte Amor*)

Doch die Narren und Dummköpfe haben nun einmal ihr Privilegium, sie bleiben dumm, und mit sich selbst zufrieden, und dies muss man ihnen lassen, weil es der Ersatz ist, den ihnen die Natur für das was ihnen an Wiz und Verstand abgeht, zugeteilt hat.

(*An Reich, 9. März 1771*)

Ich habe aber zwei Grundsätze an denen ich standhaft halten werde. Der erste ist meinen Weg fortzugehen, es erfolge auch was da wolle; und der andere die Verleumdung dadurch zu widerlegen, dass ich nicht nur besser sondern auch behutsamer lebe. Kann ich, wie zu vermuten ist, durch beides der menschlichen Bosheit nicht entrinnen, So will ich Ihrem Rate folgen und meine Feinde für eben so viele Hornissen und Schmeißfliegen ansehen, deren Sumsen nichts zu bedeuten hat, und die mich vielleicht ein wenig beschmeißen, aber gewiss nicht zu Tode stechen werden.

(*An Zimmermann, 20. Februar 1759*)

Ich habe immer die Meinung gehabt, dass die Menschen eigentlich nur als eine höhere Classe von Affen mit einer besonderen Perfectibilität, die bei ihnen statt des Instinkts ist, zu betrachten wären. Gewisse höhere Genien haben sich von Zeit zu Zeit verkörpert, um dies Affengeschlecht zu zivilisieren. Etwas von diesem genialischen haben alle Musenpriester.

(*Zu Böttiger, 16. März 1796*)

Merk jedes Wort und fass es recht,
So wird Dir's bringen viel Gewinn,
Es liegt darin ein großer Sinn:
Glaub nicht gleich Alles, was Du hörst!
[...]

Weine nicht
Um etwas, das Du nicht gehabt! [...]

Narr, was Du in den Händen hast,
Halt fest und lass es nimmer fahren!

(*Der Vogelsang oder die drei Lehren*)

Die Bekannten sind [...] vielleicht noch gefährlicher als die Unbekannten. Personen, die immer um uns sind, haben zu viele Gelegenheit, unsre schwache Seite auszufinden und sich angenehm und unentbehrlich zu machen, als dass es nicht dem Einen oder Andern gelingen sollte, sich unvermerkt unsers Herzens zu bemächtigen. Wir sind gegen sie nicht auf unsrer Hut, trauen ihnen alles Gute zu, sehen ihre Fehler in einem mildernden Lichte oder werden sie aus Gewohnheit gar nicht mehr gewahr. Man kann ein sehr angenehmer Gesellschafter oder auch wohl ein sehr getreuer Diener und doch weit entfernt sein, den Grad von Zutrauen zu verdienen, dessen man jener Eigenschaften wegen gewürdiget wird.

(*Gespräche unter vier Augen. Gespräch XII: Fragment eines Gesprächs zwischen einem ungenannten Fremden und Geron*)

Der größte und beste Teil der Menschen, vom Kaiser bis zum Taglöhner, lebt von seinem Beruf oder seinem Talent und dem, was er mit seinem Kopf oder seinen Händen oder mit beiden für Andre arbeitet und zur Masse der allgemeinen Erfordernisse beiträgt. Wer hat sich dessen zu schämen, was eine notwendige Folge der Einrichtung der bürgerlichen Gesellschaft ist? Wenn sich Jemand zu schämen hat, so ist's Der, der bloß Andre für sich arbeiten lässt und nichts als seine Consumtion* und seine Excretion** zum allgemeinen Besten beiträgt. Und doch ist man auch mit Diesem

* seinen Verbrauch.
** seine Ausscheidung.

zufrieden, wenn er nur für das, was die Andern für ihn arbeiten, bezahlt. Denn wie ein Schach* auf sein Faulbette hinflacken und sich aufwarten lassen und prätendieren**, dass Alles sich umsonst für ihn beschäftigen und keinen Dank dazu haben soll, ist doch wohl kein Vorrecht, das irgend einem Menschen zugestanden werden kann? Es ist freilich eine herrlichere Sache, sein Licht gleich der Sonne umsonst scheinen zu lassen und Gutes zu tun, ohne was Anders als ein warmes oder kaltes Vergelt's Gott! dafür zurückzuempfangen. Aber wer in den Umständen ist, von seiner Arbeit oder seinem Talent leben zu müssen, der soll auch davon leben können, so lange man findet oder wenigstens glaubt, dass er des Lebens und seine Arbeit des Lohnes wert sei. Ich wollte nicht, dass dies auf die Arbeiten des Geistes und die Talente des wahren Gelehrten und Künstlers, ohne die billige Unterscheidung, welche die Natur der Sache fordert, angewendet würde. Das kleinste Werk des Genies und der Kunst, das in seiner Art vortrefflich ist, ist freilich seinem innern Wert nach unbezahlbar. Aber dass man dies zum Vorwand gebrauchen sollte, Künstler und andre Männer von Genie verhungern zu lassen, wäre doch wohl nicht billig?

(*Der Herausgeber an das Publikum*)

* ein Schah (persisch): König.
** Anspruch erheben, fordern.

Wo großer Reichtum ist, muss notwendig auch große Armut sein, und von beiden ist sittliche Verdorbenheit die unausbleibliche Frucht. Der Reiche erlaubt sich Alles, um grenzenlos genießen zu können, ohne die Quelle seines Genusses zu erschöpfen; der Arme tut, wagt und duldet Alles, um reich zu werden.

(*Aristipp, I. Teil, 1. Buch, 2. Brief: Aristipp an Aritades, seinen Vater*)

Nur Gold genug, so ist die Welt zu Kauf;
Ein goldner Schlüssel, Herr, schließt alle Schlösser auf!

(*Oberon, 11. Gesang, 42*)

Die Kunst, reich zu werden, [...] ist im Grunde nichts Anderes als die Kunst, sich des Eigentums andrer Leute mit ihrem guten Willen zu bemächtigen. Ein Despot hat unter dem Schutz eines Vorurteils, welches demjenigen sehr ähnlich ist, womit die Ägypter das Krokodil vergöttern, in diesem Stück ungemeine Vorteile. Da sich seine Rechte so weit erstrecken als seine Macht, und diese Macht durch keine Pflichten eingeschränkt ist, weil ihn Niemand zwingen kann, sie zu erfüllen, so kann er sich das Vermögen seiner Untertanen zueignen, ohne sich darum zu bekümmern, ob es mit ihrem guten Willen geschieht. Es kostet ihm keine Mühe, unermessliche Reichtümer zu erwerben, und um mit der unmäßigsten Schwelgerei in e i n e m Tage Millionen zu verschwenden, braucht er nur den Teil des Volkes, den seine Dürftigkeit zu einer immerwährenden Arbeit verdammt, an diesem Tage – fasten zu lassen. Allein, außerdem dass dieser Vorteil nur sehr wenigen Sterblichen zu Teil werden kann, ist er auch nicht so beschaffen, dass ein weiser Mann ihn beneiden könnte.

(*Geschichte des Agathon, I. Teil,*
3. Buch, 4. Kapitel)

Nichts ist in diesem Lande der Bezauberungen gewöhnlicher, als einen unbärtigen Knaben in einen Feldherrn, einen Gaukler in einen Staatsminister, einen Kuppler in einen Oberpriester verwandelt zu sehen; ja, ein Mensch ohne alle sittlichen Verdienste kann oft durch ein einziges Talent, welches er vielleicht nicht einmal gestehen darf, zu einem Glücke gelangen, das ein Anderer durch die größten Verdienste vergeblich zu erhalten gesucht hat.

(*Geschichte des Agathon, I. Teil,*
3. Buch, 5. Kapitel)

Verachte stets den Schmeichler in der Larve
Der Freundschaft oder Liebe! Seine Worte sind
Sirenensang, den Ohren süß, der Unschuld
Verderblich. Wenn er Dich in seinen
Oft nur geheuchelten Entzückungen
Zum Engel macht, und was an Dir zu loben ist,
Auf seinen Lippen himmlisch, göttlich wird,
So glaube mir, er kennet Deine Schwäche [...]

(*Erinnerungen an eine Freundin*)

Es ist kläglich was der Mangel an Ehrlichkeit und die verdammte mir unbegreifliche Unlust an andrer Glück für Unheil im Menschlichen Leben anrichten. Das ärgste ist, dass wir uns zu tode schreiben können, ohne dass darum ein einziger Schurke weniger in der Welt wird.

(*An Gleim, 17. Oktober 1774*)

Man muss die Vorurteile nicht respektieren, aber man muss ihnen, wie einem Ochsen, der Heu auf den Hörnern trägt, aus dem Wege gehen. Das ist eine kleine Lebensregel, deren Vorbeigehung mir schon öfters mehr Schaden getan hat, als einem diskreten und behutsamen Bösewicht alle seine Bubenstücke.

(*An Salomon Geßner, 7. November 1763*)

Du kennst die Beschaffenheit der hiesigen Subaltern*-Dienste – Viele saure Arbeit und kaum das trockne Brot! Indessen ist für alle, die durch ihre Lage genötigt sind von unten auf zu dienen bei uns kein andrer Weg als dieser, [...] Aber wie soll ein Mann mit Frau und Kindern ohne eigenes Vermögen von 150 reichstalern leben?

(*An seinen Sohn Wilhelm August Wieland, 26. Mai 1805*)

[...] Bosheit muss gestraft werden. [...] Doch die Narren und Dummköpfe haben nun einmal ihr Privilegium, sie bleiben dumm, und mit sich selbst zufrieden, und dies muss man ihnen lassen, weil es der Ersatz ist, den ihnen die Natur für das was ihnen an Witz und Verstand abgeht, zugeteilt hat.

(*An Reich, 9. März 1771*)

* abhängig, untergeordnet, niedrig.

VIII

»Die Kunst, glücklich zu leben«
Lebensaufgaben

Die Natur hat allen ihren Werken eine gewisse Einfalt eingedrückt, die ihre mühsamen Anstalten und die genaueste Regelmäßigkeit unter einem Scheine von Leichtigkeit und Anmut verbirgt. Mit diesem Stempel sind auch die Gesetze der Glückseligkeit bezeichnet, welche sie dem Menschen vorgeschrieben hat. Sie sind einfältig, leicht auszuüben, führen gerade und sicher zum Zweck. Die Kunst, glücklich zu leben, würde die gemeinste unter allen Künsten sein, wie sie die leichteste ist, wenn die Menschen nicht gewohnt wären, sich einzubilden, »dass man große Zwecke nicht anders als durch große Anstalten erreichen könne«. Es scheint ihnen zu einfältig, dass Alles, was uns die Natur durch den Mund der Wahrheit zu sagen hat, in diese drei Erinnerungen zusammenfließen soll: Befriedige Deine Bedürfnisse; vergnüge alle Deine Sinne; erspare Dir, so viel Du kannst, alle schmerzhaften Empfindungen! [...]

Es hat Narren gegeben, welche die Frage mühsam untersucht haben, ob das Vergnügen ein Gut und der Schmerz ein Übel sei? Es hat noch größere Narren gegeben, welche wirklich behaupteten, der Schmerz sei kein Übel und das Vergnügen kein Gut, und was das Lustigste dabei ist, Beide haben Toren gefunden, die albern genug waren, diese Narren für klug zu halten.

(*Geschichte des Agathon,*
I. Teil, 3. Buch, 2. Kapitel)

Wenn wir auf das Tun und Lassen der Menschen Acht geben, [...] so scheint zwar, dass alle ihre Sorgen und Bemühungen kein andres Ziel haben als sich glücklich zu machen; allein die Seltenheit derjenigen, die es wirklich sind, oder es doch zu sein glauben, beweist zugleich, dass die Meisten nicht wissen, durch was für Mittel sie sich glücklich machen sollen, wenn sie es nicht sind, das ist, wie sie sich ihres guten Glückes bedienen sollen, um in denjenigen Zustand zu kommen, den man Glückseligkeit nennt. Es giebt eben so viele, die im Schoße des Ansehens, des Glücks und der Wollust, als solche, die in einem Zustande von Mangel, Dienstbarkeit und Unterdrückung elend sind. Einige haben sich aus diesem letztern Zustand empor gearbeitet, in der Meinung, dass sie nur darum unglückselig wären, weil es ihnen am Besitze der Güter des Glücks fehle. Allein die Erfahrung hat sie gelehrt, dass, wenn es eine Kunst giebt, die Mittel zur Glückseligkeit zu erwerben, es vielleicht eine noch schwerere, zum Wenigsten eine seltnere Kunst sei, diese Mittel recht zu gebrauchen. Es ist daher allezeit die Beschäftigung der Verständigsten unter den Menschen gewesen, durch Verbindung dieser beiden Künste diejenige herauszubringen, die man die Kunst glücklich zu leben nennen kann, und in deren Ausübung, nach meinem Begriffe, die Weisheit besteht, die so selten ein Anteil der Sterblichen ist. Ich nenne sie eine Kunst, weil sie von der fertigen Anwendung gewisser Regeln abhängt, die nur durch die Übung erlangt werden kann; allein sie setzt, wie alle Künste, einen gewissen Grad von Fähigkeit voraus, den nur die Natur giebt, und den sie nicht Allen zu geben pflegt.

(*Geschichte des Agathon, I. Teil, 3. Buch, 1. Kapitel*)

Leben und leben lassen. […]

(*An Gleim, 14. Juli 1775*)

[…] dass jeder doch sein Steckenpferdchen reite etc. ist schon lange mein Wahlspruch. […]

(*An Riedel, 10. August 1768*)

[…] Denn des Menschen Wille ist sein Himmelreich, und mein Wille war nie und wird nie sein, in einer großen Stadt zu leben – es wäre denn dass ich einmal einen Schatz fände, oder einen ehrlichen Hecklouisd'or. Denn zum Leben in einer großen Königsstadt gehört Geldes die Fülle, Haus und Hof, Küch und Keller, Kutsche und Pferde, kurz, alles was D.[r.] Luther unter dem täglichen Brodt begreift. In einer kleinen Stadt oder auf dem Lande nicht weit von einer kleinen Stadt, kann ein Mittelding von Sokrates und Horaz, wie ich bin, wohlfeiler glücklich sein.

(*An Gleim, 14. Juli 1775*)

Mögen sie doch reich sein! Vergnügen geht über Reichtum.

(*Pandora*)

»Die Kunst, worin wir nie auslernen, ist die Kunst zu leben«

(*Wielands Stammbucheintrag für einen unbekannten Besucher, 15. August 1801*)

Die zwei angelegensten Wünsche, worin alle Menschen übereinkommen, sind: gesund und glücklich zu sein. Zu beiden hat uns die Natur Anlage und unerschöpfliche Hilfsquellen gegeben und Beides in den unzählbaren Individuen, die zusammen den Menschen ausmachen, unendlich vermannichfaltigt. Beides ist nicht ganz in unserer Gewalt und hängt doch in den meisten Fällen und größtenteils von unserm Verhalten ab. Alles in und außer uns ist in unaufhörlicher Bewegung, Beides zu erhalten und – zu zerstören. Beides ist ordentlicherweise das Resultat eines der Natur gemäßen Lebens und kann daher auf Regeln zurückgeführt werden, die so notwendig sind als die Natur selbst.

Der bloße Naturmensch befolgt diese Regeln bald durch den sanftern Zug der innern Notwendigkeit, bald vermöge des gewaltsamern Dranges der äußern, ohne sich derselben deutlich bewusst zu sein; er lebt, ohne zu ahnen, dass es eine Kunst zu leben gebe, lebt gesund und glücklich, ohne sich etwas von einer Theorie, gesund und glücklich zu leben, träumen zu lassen.

Diese Entdeckung macht er erst, wenn er auf der höhern Stufe des geselligen Standes und der Cultur, mitten unter dem neuen, erhöhten und vervielfältigten Lebensgenuss, der ihm dadurch zuteil wird, auch die unzähligen Übel aus Erfahrung kennen lernt, wovon der rohe Sohn der Natur nichts wusste, und welche größtenteils unvermeidliche Folgen eben dieser Ausbildung und Verfeinerung sind, die soviel Schönes und Angenehmes, Gutes und Großes in das menschliche Leben brachte.

(*Moral der Natur*)

Der Unzufriedne fing zu wünschen an,
Und jeder Wunsch erzeugte neue Wünsche.
[…] im Ei ist noch
Ein Wunsch versteckt, ein andrer halb entkrochen;
Der wird schon flick*, weil jene jüngern zirpen;
Nun wachsen sie und hecken wieder andre.

(*Der Unzufriedne*)

Die meisten Menschen, sagt Horaz, sind mit ihrem Stand und Glück übel zufrieden, und preisen andere glücklicher, mit welchen sie doch, wenn es Ernst gälte, nicht tauschen würden. Erst Inkonsequenz! aber weder die einzige noch die größte, die man in dem Bestreben nach Glückseligkeit begeht. Hier ist eine noch größere. Alle diese Leute, die sich's so sauer werden lassen, nach einem Glücke zu jagen das immer vor ihnen flieht, machen einen Zustand der *Ruhe* und des *Genusses* zu ihrem Ziele; alle setzen sich vor, des Lebens noch einst froh zu werden: aber wir müssen doch, sagen sie, erst dafür sorgen *Brod zu haben*: oder sollten wir uns von der Ameise an Vorsicht beschämen lassen? Unter diesem Vorwand häufen sie unermüdet Vorrat auf Vorrat, und finden endlich so großes Vergnügen am Aufhäufen, dass sie des Beispiels der Ameise, und des Endzwecks *warum* sie

* flügge.

sammeln wollten, ganz vergessen, und, aus Furcht ihren Haufen kleiner zu machen, kaum das Herz haben sich satt zu essen. Zudem mischt sich noch Eitelkeit, Neid und Eifersucht ins Spiel: man will nicht weniger haben als andre, und beneidet jeden der mehr hat. Man kann also nie aufhören zu sammeln, man versagt sich allen Genuss des Lebens, man wird von den grämlichsten Leidenschaften verzehrt, man hat selbst keine fröhliche Stunde und macht andern keine, verliert alle Zuneigung der Seinigen, alle Achtung der Welt, und geht endlich, oft noch gar durch die unrechte Tür, wieder aus dem Leben hinaus, ohne sich selbst sagen zu können, ich habe gelebt.

(*Horazens Satiren*)

Einige Menschen scheinen kaum einer größern Glückseligkeit fähig zu sein als die Austern; und wenn sie ja eine Seele haben, so ist es nur so viel, als vonnöten ist, um ihren Leib eine Zeit lang vor der Fäulnis zu bewahren. Ein größerer, und vielleicht der größte Teil der Menschen befindet sich nicht in diesem Falle; aber weil es ihnen an genugsamer Stärke des Gemüts und an einer gewissen Feinheit der Empfindung mangelt, so ist ihr Leben, gleich dem Leben der übrigen Tiere des Erdbodens, zwischen Vergnügen, die sie weder zu wählen noch zu genießen, und Schmerzen, denen sie weder zu widerstehen noch zu entfliehen wissen, geteilt. Wahn und Leidenschaften sind die Triebfedern dieser menschlichen Maschinen; beide setzen sie einer unendlichen Menge von Übeln aus, die es nur in einer betrogenen Einbildung, aber eben darum, wo nicht schmerzlicher, doch anhaltender und unheilbarer sind als diejenigen, die uns die Natur auferlegt. Diese Art von Menschen ist keines gesetzten und anhaltenden Vergnügens, keines Zustandes von Glückseligkeit fähig; ihre Freuden sind Augenblicke, und ihr übriges Leben ist entweder wirkliches Leiden oder ein unaufhörliches Gefühl verworrener Wünsche, eine immerwährende Ebbe und Flut von Furcht und Hoffnung, von Phantasien und Gelüsten: kurz, eine unruhige Bewegung, die weder ein gewisses Maß noch ein festes Ziel hat und also weder ein Mittel zur Erwerbung dessen, was gut ist, sein kann, noch dasjenige genießen lässt, was man wirklich besitzt. Es scheint also unmöglich zu sein, ohne eine gewisse Feinheit und Zartheit des Gefühls, die uns in einem weitern Umkreise mit schärfern Sinnen und auf eine angenehmere Art genießen lässt, und ohne die Stärke der Seele, die uns fähig macht, das Joch der Einbildung und des Wahns abzuschütteln und die Leidenschaften in unsrer Gewalt zu haben, zu demjenigen ruhigen Zustande von Genuss und Zufriedenheit zu kommen, der die Glückseligkeit ausmacht. Nur Derjenige ist in der Tat glücklich, der sich von den Übeln, die nur in der

Einbildung bestehen, gänzlich frei zu machen, diejenigen aber, denen die Natur den Menschen unterworfen hat, entweder zu vermeiden oder doch zu vermindern gelernt hat und das Gefühl derselben einzuschläfern, hingegen sich in den Besitz alles des Guten, dessen uns die Natur fähig gemacht, zu setzen, und was er besitzt, auf die angenehmste Weise zu genießen weiß; und dieser Glückselige allein ist der Weise.

(*Geschichte des Agathon,*
I. Teil, 3. Buch, 1. Kapitel)

Es ist darum zu tun, dass wir uns glücklich machen,
Und nur vereinigt kann dies Weisheit und Natur.

(*Musarion, 3. Buch*)

Vollkommenes Glück ist nicht in dieser Welt.

(*An Sophie von La Roche,*
Anfang März 1786)

Allein der ist glücklich, sagt Epictet, der was die Notwendigkeit gebietet, gern tut. Mit dieser Lebensphilosophie bin ich immer ausgekommen.

(*Zu Böttiger, 25. Januar 1797*)

Es muss einem Jeden erlaubt sein, mehr Geschmack an dem Sausen eines vom Winde bewegten Tannenwaldes als an dem Gerassel der Carrossen* zu finden; lieber Kräuter und Blumen als einbalsamierte Stutzer zu riechen und den Waldgesang einer Grasmücke dem künstlichen Gesang einer Astroa** vorzuziehen. Kein Sittenrichter, kein Sokrates darf mich zur Rede stellen, wenn mein Auge sich mit größerm Vergnügen bei der sanftern Schönheit einer Blonden als bei den lebhaftern Reizen einer Brünetten verweilet; aber er dürfte es, wenn ich so viel Geschmack an irgend einem Frauenzimmer fände, sie möchte nun blaue oder schwarze oder gar Augen von allen Farben haben, wie die vergötterte Hortensia des St. Evremont***, dass ich meine übrigen Verhältnisse darüber versäumte.

(*Theages*)

Vom Wenigsten ohne Nachteil seiner Zufriedenheit und Würde leben zu können, ist eine Kunst, worin jeder edle Mensch sich geübt haben sollte, um die

* Kutschen.

** Giovanna Astrua (1730–1757): italienische Sopranistin, seit 1747 Sängerin am Hoftheater in Berlin.

*** Charles de Marguetel de Saint-Denis, Seigneur de Saint-Évremond (1614–1703): französischer Schriftsteller und Kritiker; war mit Hortense Mancini, Herzogin von Mazarin, befreundet.

Unabhängigkeit und Reinheit seines Geistes und Charakters unter allen Umständen bewahren zu können; aber Torheit wär es, wenn Jemand ohne andre Ursache als systematischen Stolz und Starrsinn sich immer Alles versagen wollte, was die Lebensweise des gebildeten Menschen vom ursprünglichen Zustand des rohen Menschentiers unterscheidet.

(*Krates und Hipparchia, 37. Brief*)

Ergetzungen und Wollüste können, als die Würze des Lebens, durch übermäßigen Gebrauch nicht anders als schädlich sein. Die Natur hat sie zur Belohnung der Arbeit, nicht zur Beschäftigung des Müßiggangs bestimmt.

(*Der goldne Spiegel, 1. Teil*)

Ich fühle das munterste Leben wieder in meinen Adern hüpfen. Alle meine Sorgen sind in lachende Hoffnungen verwandelt. – Ich erstaune über meine Trägheit. – Wie lange hab ich mich umsonst gequält! In Wahrheit, Der verdient unglücklich zu sein, der sich selbst verloren giebt.

(*Araspes und Panthea, 4. Abt.*)

Wenn man keine Hoffnung hat, etwas fürs Allgemeine ausrichten zu können, so gebietet die Klugheit, wenigstens für sich selbst zu sorgen.

(*Aristipp, I. Teil, 1. Buch, 10. Brief: An Kleonidas*)

Weimar, 31. Januar 1783

[...] Und nun, Mein Bester Herr und Freund, leben Sie wohl, und behalten mich lieb. Der Himmel gebe Ihnen und mir bessre Augen, einen guten Magen, gute tägliche Öffnung, und gesunden Schlaf – denn am Ende hängen doch alle Funktionen unsers unsterblichen Teils und das Glück unsers Lebens von diesen animalischen Funktionen ab. Ich bleibe lebenslang Ihr ergebenster Freund und Diener

Weimar den 31. Januar 1783.

Wieland.

(*An Schwan*)

IX

»Das Leben ist so kurz, und dessen, was wir zu tun haben, so viel!« Tatendrang

Ich gedenke mich in Dingen, die für die Welt und für mich selbst von Wichtigkeit sind, keineswegs zu übereilen. Man kann im Deliberieren* nicht kalt und behutsam genug sein. Aber dem ungeachtet liebe ich, […] wenn so wenig Zeit in Verlust geht, als nur immer möglich. Das Leben ist so kurz, und dessen, was wir zu tun haben, so viel!

(*An Sophie La Roche, 5. August 1775*)

»Wer fest auf seinen Füßen steht,
Der sehe zu, dass er nicht falle!«
Die Warnung, lieben Brüder, geht
Euch an und mich und, ohne Ausnahm, Alle;
Nur ist das »Siehe zu« zwar leicht gesagt,
Allein das Wie? ist, was die Weisen plagt.
Wer freilich stets in einem hohlen Baume,
Mit einem Klotz an jedem Bein,
Sich aufhält, stösst den Fuß gewiss an keinen Stein

* überlegen, bedenken, beratschlagen.

Und kommt nicht leicht zu Fall – es wäre denn
im Traume;
Gesorgt ist für die Sicherheit
Dadurch; allein wo bleibt die Tätigkeit?
Der Mensch ist nicht zum Stehn, er ist zum Wandeln,
Zum Laufen, wenn es gilt, zum Unternehmen,
Handeln
Und Wagen auf der Welt, und Gehn
Ist sein Beruf, trotz allen großen, kleinen,
Vieleckigen und runden Anstoßsteinen,
Die überall in seinem Wege stehn.
Gebraucht er dann die Augen nicht – zum Sehn,
So ist es seine Schuld! – Er gehe fest und munter
(Nicht sorglos) seinen Weg; und stolpert er mitunter,
Ja, fiel er siebenmal in einer einz'gen Nacht
Den Kopf zuerst in einen Wasserkübel,
Nun, immerhin, auch das ist nicht so übel!
Er wird dadurch vielleicht behutsamer gemacht

(*Die Wasserkufe*)

O, das stellt
Kein Menschenkind sich vor, was Unsereiner
Den ganzen langen Tag bis in die späte Nacht
Zu tun hat! Wie man immer Zehnerlei
Auf einmal tun und immer da und dort
Und allenthalben sein soll, oft nicht weiß, wo Einem
Der Kopf steht, und am Ende, seht Ihr, doch

Nie fertig wird, doch immer
Das Nötigste versäumt und überall zu spät kommt.
Bei meiner Treu! es ist ein saures Leben!

(*Das Urteil des Midas*)

Meine jungen Freunde, Aegisthus machte sich bloß deswegen ein Geschäft daraus, die schöne Klytämnestra zu verführen, weil er weder Verstand noch Mut genug hatte, etwas Löbliches zu tun. Beschäftigt Euch, meine Freunde! Müßiggang ist Euer gefährlichster Feind. Beschäftigt Euch mit den Vorbereitungen zu Eurer Bestimmung oder mit ihrer wirklichen Erfüllung. Bewerbet Euch um die Verdienste, von denen die Hochachtung der Vernünftigen und der Nachwelt die Belohnung ist, und um die Tugend, welche allein den innerlichen Wohlstand unsers Wesens ausmacht.

(*Agathon, II. Teil, 9. Buch, 5. Kapitel*)

Das französische Sprichwort: L'appétit vient en mangeant*, findet seine Anwendung auch bei Geistesgeschäften dieser Art. Außer dem Vergnügen, große Schwierigkeiten mit einem Fleiße, der einen glücklichen Erfolg zu verdienen scheint, überwunden

* frz.: Der Appetit kommt beim Essen.

zu haben, macht uns auch der Umstand, dass die Fertigkeit mit der Übung zunimmt und die bereits errungenen Vorteile uns für künftige Bürge sind, immer mehr Mut und Begierde zum Fortfahren. Wiewohl es vielleicht bloße Täuschung ist, wenn wir uns die Schwierigkeiten einer schon halb vollbrachten Arbeit immer kleiner vorstellen, je weiter wir vorwärts kommen, so hilft uns doch diese Täuschung selbst unvermerkt durch; und am Ende ist doch etwas getan, wenigstens die Bahn einem Andern gebrochen, dem es nun desto leichter möglich sein wird, das Ziel zu erreichen, zu welchem wir selbst nicht gelangen konnten.

(*Wielands Übersetzung einiger Stücke des Aristophanes. An Herrn Hofrat Voß*)

Nichts halb zu tun ist edler Geister Art.

(*Oberon, 5. Gesang*)

Ich kann, was ich will, weil ich nichts will, als was ich kann.

(*Göttergespräche, I*)

Biberach, den 8. Mai 1766.

Meine Hochgeehrtesten Herren und Sehr werten Freunde,

Endlich bin ich im Stande Ihnen auch den Rest des 8ten Teils von Shakespear zu übersenden. Ich wünsche Ihnen und mir selbst zu dem erreichten Ziel dieser weitläuffigen Unternehmung Glück. Ich habe dabei geleistet, was (zumal in den Umständen worin ich war, noch bin, und so lang ich lebe bleiben werde, ohne Freunde, ohne einen Ratgeber, ohne einen Aristarch*) möglich war. Ich schaudre selbst, wenn ich zurücksehe und daran denke dass ich den Shakespear zu übersetzen gewaget habe. Wenige können sich die Mühe, die Anstrengung, die oft zur Verzweiflung und zu manchem Fluch, (der doch die Pferde nicht besser ziehen macht) treibende Schwierigkeiten dieser Arbeit vorstellen. Ich sehe die Unvollkommenheit dessen was ich getan habe; aber ich weiß es, dass Richter von ebensoviel Billigkeit als Einsicht mit mir zufrieden sind. Genug, diese Herculische Arbeit ist nun getan, und, bei allen Göttinnen des Parnasses! ich würde sie gewiss nicht anfangen, wenn sie erst getan werden sollte.

(*Brief an Orell, Geßner und C[ompagn]ie in Zürich*)

* Aristarch von Samothrake (217–145 v. Chr.), griechischer Philologe und Leiter der Bibliothek von Alexandria.

Ich kann ungeduldig darüber werden, dass ich [...] von Morgen bis in die Nacht über meinen Schreibtisch gebückt sitzen, und schreiben muss, woran ich nie gedacht hätte, wenn ich mein eigner Herr wäre – [...] Ich bin mit einer Arbeit beladen worden, die ich weder ablehnen konnte, noch aufschieben kann. Ich arbeite mich hypochondrisch und krank – aber, [...] was tut nicht ein weiser Mann, wenn er – muss? Und was tut ein Vater nicht, wenn er durch seine Arbeit das Schicksal seiner Kinder zu verbessern hofft? – Ich kenne die Großen; Dankbarkeit ist selten ihre Tugend; indessen hofft man doch immer glücklich genug zu sein und eine Ausnahme anzutreffen. Man versucht alles. Reussiere ich, so verschaffe ich mir eine ungleich bessere Situation. [...]

(*An Gleim, 27. September 1770*)

[...] aber bedenkt, beste Seelen, wie kurz dies Leben ist, und wie Schade um jeden Tag, den wir verlieren! – Lasst uns von nun an, ohne Aufschub den Plan machen, die Mittel abmessen, die Hindernisse berechnen, und dann Hand ans Werk legen, sobald als es nur immer möglich ist. [...] Indessen bleibt doch wahr, dass dem, der ernstlich will, wenig Dinge unmöglich sind.

(*An Gleim, 28. Mai 1775*)

Ich kann mit Wahrheit sagen, dass ich in meinem ganzen Leben nie mit so viel Dingen, die meine Aufmerksamkeit erfodern, auf einmal bestürmt worden bin, als in diesen Tagen. Ich sollte 3 Köpfe und 6 Hände haben, um mich durchzuarbeiten.

(*An Reinhold, 24. September 1788*)

Das Leben des Künstlers ist ein stetes Emporstreben nach einem Ziel, das sich immer weiter zu entfernen scheint, je näher man ihm kommt.

(*Wielands Stammbuch-Eintrag für die Malerin Caroline Bardua, 13. Mai 1807*)

Lass uns nicht an unsrer Kraft verzweifeln, ehe wir versucht haben, wie weit sie gehen kann, und zu welchem Grade wir sie durch unablässige Übung oder da, wo es Not ist, durch ungewöhnliche Anstrengung erhöhen können!

(*Agathodämon, 1. Buch*)

Wenigstens giebt es Fälle, wo es erlaubt, ja sogar Pflicht ist, das Unmöglichscheinende zu versuchen.

(*Agathodämon, 5. Buch*)

Unmöglich oder nicht,
Ich unternehm's, und seid Ihr Alle Zeugen!

(*Oberon, 1. Gesang, 70. Strophe*)

Es schien unmöglich zwar;
Doch was ist dem, der um sein Alles kämpfet,
Unmöglich?

(*Oberon, 7. Gesang, 94. Strophe*)

Fasse nur einen standhaften Entschluss! Keine Macht, kein Gott, selbst nicht der Unnennbare, dessen allmächtiger Finger die unermessliche Schöpfung bewegt, ist vermögend, den Willen eines denkenden Wesens zu zwingen.

(*Araspes und Panthea, 3. Abt., 5*)

Warum muss das Vollbringen des Guten immer so weit hinter dem Wollen zurückbleiben?

(*An Sophie von La Roche,
28. November 1800*)

Weimar, 30. September und 4. Oktober 1807.
Mittwoch und Sonntag

Mein sehr verehrter Herr und Freund,
[...] Sie kennen mich schon lange genug, lieber Böttiger, um zu wissen, wie es mit meiner Briefstellerei beschaffen ist, und wie wenig dazu gehört, mich an Beantwortung eines Briefes, der nicht gerade ein dringendes Geschäft zum Gegenstand hat, zu hindern. [...] genug ich sitze itzt hier und schreibe an Sie, und da ich einmal angefangen habe, so können Sie darauf rechnen, dass ich so bald nicht aufhören werde.

Den 4ten October.

Dies, lieber Böttiger war mein ernstlicher Vorsatz, als ich mich vor vier Tagen hinsetzte und diesen Brief an Sie zu schreiben anfieng und gleichwohl ist in dieser Zeit so viel dazwischen gekommen, dass ich, nachdem ich Einmal unterbrochen worden war, immer etwas fand, das mich am fortfahren hinderte. Ich gestehe, dass der verwünschte, seit dem 1. November des Unheilbringenden Jahrs 1806. in meine Wohnung (das ist wie Sie wissen, in meine Diogenes-Tonne) gebannte Spukgeist Marcus Tullius Cicero, der mir leider! Tag und Nacht keine Ruhe lässt, auch seinen Anteil an diesem Stillstand gehabt hat. Verzeihen Sie, Lieber! Die Brief-Feder ist nun wieder im Gang, und da ich den Nahmen, den wir alle doch mit Ehrfurcht nennen müssen, einmal genannt habe, und da Sie so gütig sind, sich für die – törichter weise, wie ich befürchte – in meinem 74sten Jahre unternommene herkulische, einen Gallischen Herkules wenigstens erfordernde Arbeit zu interessieren, so will ich sogleich, ohne weitere Vorrede damit anfangen, Ihre Frage, ob ich damit fortfahre, notdürftig zu beantworten. Das große Werk rückt täglich, aber leider! so langsam vorwärts, dass ich alle meine Gewalt über mich selbst (die nicht sonderlich groß ist) nötig habe, um den Gedanken, dass ich sie schwerlich vollenden werde, fern von mir zu halten. Die Wahrheit zu sagen, ich stellte mir, als ich das kecke Wagstück unternahm, die Schwierigkeiten so groß nicht vor, als ich sie nun finde, je weiter ich vorrücke. Hätte ich so klar, wie jetzt, eingesehen, dass Horazens Sermones, der Spötter Lucian, und selbst die Ritter und Wolken des Aristophanes zu übersetzen nur Kinderspiel gegen eine Übersetzung der sämmtlichen Briefe Ciceros sei; hätte ich vorhergesehen, dass ich, wer weiß wie oft, halbe, ja ganze Stunden lang über einer einzigen kleinen Periode, oder einer einzigen feinen, spitzfündigen, schillernden und geflissentlich rätselhaften Wendung, brüten, und alle Fasern meines Gehirns anstrengen müsste, um zuletzt doch nichts mehr als – meinen Lesern eine ganze Handvoll Kreuzergeld für einen reingoldnen Dukaten zu geben, etc etc – so würde ich wahrscheinlich vor der ganzen Unternehmung zurückgeschreckt worden sein. Aber nun ists zu spät michs gereuen zu lassen – jacta est alea* – ich bin über den Rubicon** gegangen, und siegen oder sterben ist die Losung. [...]

An Rätseln, welche erraten, und an Knoten, die entweder aufgelöset oder aufgehauen werden mussten, hat es bisher nicht gefehlt. Glücklich ist es für mich, dass ich in dem Ringen und Kämpfen mit den Schwierigkeiten des Unternehmens ein unglaubliches Vergnügen finde. Ich komme mir selbst zuweilen vor, wie der alte Juden-Erzvater Jakob, da er mit dem Engel des Herren rang. Wie oft mich Ciceros Geist auch zu Boden wirft, ich raffe mich immer wieder auf, setze von neuem an, werde wieder geworfen, stehe abermals auf, und falle über meinen unbesiegbaren Gegner mit verdoppelter Hitze her, und über diesem närrischen Zweikampf vergehen mir die Stunden wie Minuten, die Tage wie Stunden, die Wochen wie Tage, und ein Jahr ist herum, ohne dass ich begreife, wie es zugegangen ist.

(*An Böttiger*)

* Der Würfel ist gefallen! Ausruf von Cäsar, als er 49. v. Chr. sein Heer über den Rubikon geführt hat.

** Grenzfluss.

Wo sind alle die [...] verflossnen Wochen, Tage und Stunden hingekommen? Womit sind sie ausgefüllt? Wie sind sie gebraucht, genossen, verschwendet, verzettelt, verpufft, verloren worden, ohne dass ich mir eben große Vorwürfe zu machen habe, oder mit Fug und Recht sagen könnte, es habe nur von mir abgehangen, dass alles anders gegangen wäre? [...]

(*An Friedrich Karl Ludwig Graf zu Solms-Rödelheim, 24. November 1808*)

X

»Vom Vers- und Reim-Teufel besessen«
Dichterhandwerk

O Reim! den werd ich nimmer loben,
Der dich erfand! Zum Henker auch!
Da muss nun hinter einem Strauch,
Bloß dir zu Gefallen, mein Träumer stehen,
Um seine Prinzessin kommen zu sehen!
Und stand er (wie's doch möglich war)
Auch wirklich hinter einer Laube,
Wie kann ich hoffen, dass man's glaube?
»Der Reim«, spricht jeder, »hat offenbar
Die Laube gepflanzt; und wenn es Ranken
Von Reben oder Geißblatt sind,
So haben wir's wieder dem Reim zu danken.«
Sei's! wollen uns nicht darüber zanken!
Genug, wie oft der Zufall, so blind
Er sein soll, die beste Auster find't,
So hat auch diesmal wider Hoffen
Der Reim sich mit der Wahrheit getroffen.

(*Gandalin oder Liebe um Liebe, 4. Buch*)

Das Kamel und seine Lobredner

Der erste Dromedar, auf dessen Rücken
Ein Enkel Ismaels nach Memphis zog,
Schien, wie natürlich, dort den ungewohnten Blicken
Ein Wundertier. Man drängte sich, man flog
Von allen Ecken zu, das Abenteu'r zu sehen,
Beguckt es um und um und fand sehr sonderbar,
Dass ein Kamel – sich selbst so ähnlich war.
»Das Vieh mag leicht und hurtig gehen«,
Rief Einer aus – »Und seinen Knochen nach«,
So hört man einen Andern sagen,
»Muss es mehr Last als sieben Esel tragen.«
»Auch weicht ihm an Geduld der frömmste Esel«, sprach
Ein Frohnvogt, seines Tuns ein harter Bauerndrücker.
»Ihr Herren«, rief ein alter Knicker,
»Des Tieres beste Tugend ist
Die Nüchternheit, und dass es wenig frisst.«
Ein Bucklichter, der lange still gesessen,
Trat nun hervor. »He, zum Anubis«, schreit
Der kleine Mann, »da sprecht Ihr lang und breit
Und habt das Beste doch vergessen!
Wie? Seht Ihr denn den schönen Höcker nicht,
Der seinen edlen Rücken zieret?
Er fällt doch, dächt ich, ins Gesicht;
Man lobe mir ein Ding, wie sich's gebühret!«

Weimar, 20. November 1779

Tag und Nacht bin ich mit nichts als Oberon beschäftigt. [...] Denn die unendliche Arbeit die er mir macht, und das bisschen Vergnügen das ich denn doch von Zeit zu Zeit habe, wenn ich mir einbilde dass mir etwas gelungen sei, macht mich alles anderen rein vergessen – und so ist mir wohl; anstatt dass ich so gut wie andre enragieren* würde und müsste, wenn ich meine Nase oft zum Fenster hinaussteckte, und sähe wie's in der Welt geht.

[...] Von der Müh und Arbeit die ich auf dies opus wende, hat schwerlich itzt ein Dichter noch Dichterling im Heiligen Römischen Reich einen begriff. Die Herren haben sich's größtenteils (sehr wenige ausgenommen) so leicht als möglich gemacht; ich hingegen mache mir's so schwer als möglich. Die Schwierigkeiten, die nur bloß im Mechanismus meiner achtzeiligen Strophen liegen, und in der Natur des Jamben, und in der verhältnismäßig geringen Anzahl unsrer reime – die Schwierigkeit, aus einen so spröden Leim gerade das Bild, das ich haben will, herauszufingern, und ihm die Rundung und das Fini** zu geben, ohne welches ich keine Freude dran haben kann – ist oft unsäglich. Ich kann dir zuschwören, dass ich in dieser Woche dritthalb Tage über einer

* in Wut bringen.
** den Abschluss.

einzigen Strophe zugebracht habe, wo im Grund die ganze Sache bloß auf ein einziges Wort, das ich brauchte und nicht finden konnte, beruhte. Ich drehte und wandte das Ding, und mein Gehirn mit, auf alle Seiten; weil ich, natürlicherweise, wo es um ein Gemälde zu tun ist, gern die nehmliche bestimmte Vision, die vor meiner Stirne schwebt, auch vor die Stirne meiner Leser bringen möchte, und dazu oft, ut nosti*, von einen einzigen Zug, oder Drucker, oder Reflex, alles abhängt. Indessen begegnet mir aber doch, alles Fleißes ungeachtet, dass ich oft, wissentlich, neben das Schwarze schieße, und zufrieden sein muss, wenn ich nur Holz treffe. Dass die teure Leserschar es freilich nicht merken wird, weiß ich wohl; aber das ist ein schlechter Trost. Wer nicht merkt wo der Hund begraben liegt, oder wo es fehlt, der sieht auch das feinere schöne nicht – […] Wäre ich der elendeste Schmierer, und hätte in den anderthalb Jahren, die ich auf dies Werk wende, die schaalsten romänchen und kühlsten Empfindeleien, oder Possen und Fratzen aufs papier gekleckt, soviel als das Zeug halten könnte, so müsste der Henker drin sein, wenn ich nicht für 300 Louisdor dummes Zeug hätte zusammen schmieren wollen. Aber, warum ist der Herr ein Narr, und wendet soviel Zeit und Arbeit auf ein Werk, wofür ihm kein Mensch Dank weiß, sagt

* lat.: wie du erkannt hast.

mir das teutsche publicum – und darauf ist freilich kein Wort zu antworten. Ich beklage mich über nichts, lieber Bruder denn was soll ich darüber klagen, dass alles ist wie es sein kann; aber weil du meine Aussichten mit Oberon sehen wolltest, musste ich dir doch sagen, worin sie ungefehr bestehen.
Mit der gloriola wird's eben so gehen wie mit dem utili. Neun Zehntel von Lesern sind gar nicht die Leute, die einen ehrlichen Kerl in dieser Münze bezahlen können; und das eine Zehntel, das vielleicht Geschmack und Kenntnis der Kunst genug hätte, um zu sehen, was das Ding wert ist, ist schon, vielleicht bis auf ein Dutzend, zum voraus fest entschlossen, mir's nicht ganz zu lassen, und zu tun, als ob sie wenn sie wollten, dergleichen Zeug à la douzaine machen könnten. Das Dutzend ehrlicher Kerls, das dann noch übrig bleibt, werden freilich Freude an dem Ding haben, aber in aller stille; und wenn gleich Tages darauf zehn Trossbuben sich aufmachen, mich auf offnem Markte mit Dreck zu werfen, so wird keine seele sein, die es ihnen wehren, geschweige sie dafür abkarbatschen* wird. Hingegen wird man mir volle Erlaubnis geben, mich hinzusetzen, und mich, ad nauseam usque**, an dem Beifall und Nachruhm zu erlaben der im 20sten Seculo*** auf mich wartet. Siehe,

* schwäbisch: mit der Karbatsche (Peitsche) prügeln.
** lat.: bis zum Ekel bzw. Überdruss, bis zum Erbrechen.
*** Jahrhundert.

Bruderherz, das sind also meine Aussichten. Noch einmal ich klage nicht; denn mein Schicksal ist mein eignes Werk. Hätt ich nur den hundertsten Teil der Zeit die ich auf meine Idris und Oberons und dergleichen Zeug, wofür ich zum Dank den Teufel auf den Buckel von meiner Nation kriege, auf ein schönes Lobgedicht an Maria Theresia oder Catharine die große spendiert, so sollt' es wohl anders in meiner Cassa aussehen. Aber den verstand hab ich nie gehabt, und werd ihn nie kriegen. Also bleibt nichts übrig als sich in sein Schicksal zu ergeben, zu treiben was man kann, zu leiden was man muss, und von den Menschen nichts zu erwarten was man nicht um sie verdient. Und soviel für diesmal von Oberon.

(*An Merck*)

XI
»Die Regierungskunst«
Politik

Wer ist geschickter, die Menschen zu regieren, als Derjenige, der am Besten mit ihnen umzugehen weiß?

(*Geschichte des Agathon, I. Teil, 3. Buch, 5. Kapitel*)

Höre meinen Rat, geliebter Sohn, und lerne, dass Tugend wahre Weisheit ist. Fürchte nichts so sehr als Deine eigne Gewalt. Macht ist nur dann ein Glück, wenn Weisheit sie leitet. Lass bei Deiner Regierung die Gesetze und die eingeführte Staatsverfassung niemals aus den Augen. Fasse keinen Entschluss, am Allerwenigsten in Sachen, wobei Deine Lieblingsneigung betroffen ist, ehe Du ihn aufs Sorgfältigste geprüfet hast, und verwirf ihn sogleich, wenn Du erröten müsstest, ihn öffentlich Deinem Volke zu bekennen. In diesem Falle ist er Dein Feind.

Wisse, dass wir nichts lieben können, als was unsrer Glückseligkeit beförderlich ist. Lebt das Volk unter Deiner Regierung in Friede und Freiheit; schadet ihm kein äußerer Feind; sind ihm die Früchte seiner

Arbeit gesichert; findet es Gerechtigkeit bei den Richtern; leidet Keiner, außer um Verbrechen, die das Gesetz verdammt; so werden Deine Untertanen auch gewiss den Regenten lieben, der ihnen so viele Glückseligkeiten schafft.

Vernachlässige keine einzige der Stunden, die Du dem Staate schuldig bist! Gewöhnst Du Dich, Deine Pflicht zu erfüllen, so wird Dir Deine Pflicht leicht und angenehm werden. Versäumst Du sie öfters, so wirst Du sie bald immer vernachlässigen. Aus Unordnung entsteht Unordentlichkeit. [...] Trägheit ist der größte Fehler eines Fürsten. [...]

Lass das Glück Deines Volkes Deinen liebsten Wunsch, Dein größtes Vergnügen sein. Freue Dich, wenn Du Deine Untertanen fröhlich siehest. Halt es für einen Zuwachs Deines Schatzes, wenn sich ihre Zahl vermehrt, und setze Deinen höchsten Ruhm darin, wenn Keiner von ihnen Ursache findet, missvergnügt zu sein oder zu klagen.

Gewöhne Dich, früh aufzustehen! Der Tag ist verloren, der spät anfängt. Verwehre Deinen Untertanen den Zutritt nie; sie werden schon halb zufrieden von Dir weggehen, wenn Du ihr Anbringen nur angehört hast. Überwinde Deine Verdrossenheit, wenn Du Dich zu den Geschäften nicht aufgelegt findest. Nie lese man in Deinem Gesichte, dass die Beschwerlichkeiten Deines Amts Dich unmutig machen! Muntre Dich durch den Gedanken auf, dass jeder wohl gebrauchte Tag zehn andre glücklich macht und durch jede vernachlässigte Stunde zehn andre elend werden!

Berate Dich täglich mit den Häuptern Deiner Collegien. Mit jedem vernachlässigten Departement sinkt ein Pfeiler des Staats.

Gieb keinem Deiner Diener Gelegenheit, zu hoffen, er werde Dich hintergehen oder ein ungerechtes Verfahren durchsetzen können, ohne entdeckt zu werden. Wache über ihnen; überrasche sie unversehens und bemächtige Dich jeder bequemen Gelegenheit, wo Du ihre Treue auf die Probe setzen kannst!

Liebe die Wissenschaften! Sie sind zugleich nützlich und unterhaltend; sie veredeln die Seele und flößen ihr die Liebe zur Ordnung ein. Niemand ist geneigter zum Aufruhr als Barbaren. Aufgeklärte, gebildete Nationen lassen sich an einem Faden leiten, da man für jene einen Kappzaum* nötig hat.

Suche Dein Gebiete nicht zu erweitern! Ein Reich, das sich nicht für seinen unruhigen Nachbarn fürchten muss, ist immer groß genug, und Eroberungen sind nie des Unglücks wert, welches der Eroberer seinem Volke verursacht. Greif nie an, aber verteidige Dich mutig, wenn die Ehre Deines Reiches angegriffen wird oder Deine Untertanen leiden!

Hüte Dich, in Schulden zu fallen! Sei pünktlich und genau im Bezahlen und wage Dich an kein Un-

* gebissloses Halfter für das Training mit jungen Pferden.

ternehmen, wozu Du die erforderlichen Mittel nicht bei der Hand hast! Schulden des Staats werden zu unvermeidlichen und desto unseligern Ursachen der Unterdrückung; und haben Kriege sie unvermeidlich gemacht, so kann oft der Friede selbst die Bürde des Kriegs nicht erleichtern.

Verehre Treue und Wahrheit auf das Gewissenhafteste! Treulosigkeit kann zuweilen einen augenblicklichen Vorteil schaffen; aber sie hinterlässt gewiss allzeit einen fressenden Schaden. Einen König, der nicht Wort hält, verabscheuen heimlich alle seine Nachbarn; er setzt sich immerwährender Gefahr aus und wird nie einen Freund finden.

Verändere die Staatsverfassung Deines Reiches nicht im geringsten Teile, selbst nicht aus den scheinbarsten Gründen, ohne zuvor die übrigen Departements, woraus es besteht, zu Rate gezogen zu haben. Gesetze gelangen nur nach und nach zur gehörigen Festigkeit, und die Ehrfurcht, welche das Volk für sie heget, gründet sich bloß auf ihre Unverletzlichkeit und ewige Dauer. Ein neues Gesetz ist ein Bekenntnis, dass der Gesetzgeber einstmals geirrt habe; und kann er sich nicht wiederum irren? [...]

Lass Dich nie überreden, die Abgaben Deiner Untertanen zu erhöhen oder gar neue zu machen! Wo sind Deine Reichtümer, wenn Dein Volk arm ist? Freue Dich, wenn Deine Untertanen etwas über ihre tägliche Notdurft haben und im Stande sind, des Lebens froh zu werden. Sie sind Menschen und haben ihre Gefühle so wohl wie Du.

Sorge dafür, dass die Landstraßen in gutem Stande und sicher seien! Beschütze die Kaufleute und beschränke die Freiheit der Handlung nicht durch unnötige Gesetze! Sie sind Stützen Deines Staats. Ehre sie; Dein Thron borgt seinen Glanz von ihrer Arbeit!

Beschütze alle Künste! Ermuntre sie durch Preise, Besoldungen und Ehrenzeichen! Der Erfinder eines neuen Werkzeuges ist ein Wohltäter des Staats. Wer Dich lehrt, mehr Garben in einem Morgen Feldes einzuernten, ist Dein Bruder. Ziehe ein wohlgebautes Feld dem herrlichsten Garten vor! Der Wert aller Handlungen bestimmt sich nach dem Maße ihrer Mitwirkung zum gemeinen Besten.

(*Die Regierungskunst*)

I. Alle Menschen sind Brüder und haben von Natur gleiche Bedürfnisse, gleiche Rechte und gleiche Pflichten;

II. Die wesentlichen Rechte der Menschheit können weder durch Zufall, noch Gewalt, noch Vertrag, noch Verzicht, noch Verjährung, sie können nur mit der menschlichen Natur verloren werden; und ebenso gewiss lässt sich keine notwendige noch zufällige Ursache denken, welche einen Menschen, unter was für Umständen er sich auch befinde, von seinen wesentlichen Pflichten loszählen könnte;

III. Ein Jeder ist dem Andern schuldig, was er in gleichen Umständen von ihm erwarten würde;

IV. Kein Mensch hat ein Recht, den andern zu seinem Sklaven zu machen;

V. Gewalt und Stärke giebt kein Recht, die Schwachen zu unterwerfen, sondern legt ihren Besitzern blos die natürliche Pflicht auf, sie zu beschützen;

VI. Ein jeder Mensch hat, um einen gerechten Anspruch an Wohlwollen, Mitleiden und Hilfe von Seiten eines jeden Menschen zu haben, keinen andern Titel vonnöten, als dass er ein Mensch ist;

VII. Der Mensch, welcher von Andern verlangen wollte, dass sie ihn köstlich nähren und kleiden, – mit einer prächtigen Wohnung und allen ersinnlichen Bequemlichkeiten versehen, – ihm, auf Unkosten ihrer Ruhe, Bequemlichkeit und Notdurft, alles nur mögliche Vergnügen gewähren, – unaufhörlich arbeiten, um ihn aller Bemühung zu überheben, – sich bloß mit dem Unentbehrlichen behelfen, damit er seine üppigsten Begierden bis zur Ausschweifung befriedigen könne, – kurz, dass sie nur für ihn leben und, um ihm alle diese Vorteile zu erhalten, jeden Augenblick bereit sein sollten, sich allen Arten des Ungemachs und Elends, dem Hunger und dem Durst, dem Frost und der Hitze, der Verstümmelung ihrer Gliedmaßen und den schrecklichsten Gestalten des Todes für ihn auszusetzen – der einzelne Mensch, der an zwanzig Millionen Menschen eine solche Forderung machen wollte, ohne sich schuldig zu halten, ihnen sehr große und mit solchen Diensten in gehörigem Ebenmaße stehende Gegendienste dafür zu leisten, – wäre ein Wahnsinniger und müsste seine Forderung an Leute machen, die es noch mehr als er selbst wären, wenn er Gehör finden sollte.

Diese und tausend andre Sätze, welche sich aus ihnen ableiten lassen, fand der junge Tifan gleichsam mit der eigenen Hand der Natur in seine Seele geschrieben.

(*Der goldne Spiegel, II. Teil, 6. Kapitel*)

Unsere Fürsten bekümmern sich nichts um die Günstlinge der Musen – Sie haben Pferde, Huren und Jagdhunde zu unterhalten. Wir müssen uns also schon unserm Schicksal unterwerfen – [...] – wenn wir uns nicht in die Umstände setzen können, die wir uns wünschen, so müssen wir wenigstens trachten, aus zween Übeln das kleinere zu wählen.

(*An Schubart, 1. Oktober 1766*)

Die Könige verachten uns, nehmen keine Notiz von uns, und wir schnattern und quaken uns zu Tode an ihrem Lob – welch eine Misère!

(*An Sophie von La Roche, 1. April 1782*)

Nun müssen Sie sich schon darein schicken sich den Kopf, aus dem die Idyllen hervorgegangen sind mit Staats- Polizei- Finanz- und Miliz- vielleicht auch Malefiz-Sachen verstören zu lassen, wie ich auch – Sie im Größern, ich im Kleinern – und das läuft zuletzt auf eins hinaus. Denn die große Staats-Maschine von Europa wird schwerlich mit viel mehr Weisheit umgetrieben als der kleine Bratenwender der Löblichen Reichsstadt Biberach.

(*An Salomon Geßner, 4. September 1766*)

Die fast allgemeine Epidemie der Römer seiner Zeit war die nehmliche, woran wir heutzutage die vornehmsten Staaten in Europa krank liegen sehen, eine *unmäßige Sucht sich zu bereichern*.

(*Horazens Satiren*)

Ihre Reflexionen über den gegenwärtigen Zustand der Dinge treffen haarscharf. Mir fällt dabei der Scholasticus ein, der sein Pferd durch allmählige Entziehung des Futters soweit zu bringen hoffte, dass es endlich ohne zu fressen leben könnte. Die Rossinante* hielt es sieben Tage aus: aber am Morgen des achten fand er sie tot. Jammerschade, rief der weise Mann: hätte der Gaul nur diesen einzigen Tag noch ausgehalten, so war's überstanden. Ich denke der Versuch, der seit einigen Jahren mit dem Europäischen Continent gemacht wird, werde ebenso glücklich ausfallen.

(*An Göschen, im Juni 1811*)

In staatswirtschaftlicher Betrachtung
Verdient ihr Blödsinn die größte Achtung.

(*La Philosophie endormie*)

[...] der dermalige Zeitpunkt ist so ungünstig, der Verfall alles Handels und Wandels so groß, der Geldmangel so drückend, die Mutlosigkeit so allgemein in dem unglücklichen, ausgesogenen und fast ganz zu Grunde gerichteten Deutschland, dass ich, anstatt

* Anspielung auf Don Quichottes Pferd.

Sie zu entreprisen* aufzumuntern, Sie vielmehr ernstlich ermahnen muss, dermalen auch den süßesten Lockungen des Spekulationsgeistes kein Gehör zu geben, und so lange diese gegenwärtige fatale Stockung dauert, ja nichts Neues zu unternehmen und nicht das kleinste Capital zu wagen, wofern Sie nicht gewiss sind, dass es binnen Einem Jahr mit einigem Profit wieder in ihre Casse zurückfließt.

(*An Heinrich Geßner, 10. Dezember 1810*)

Ich verstehe unter der Freiheit, an welche alle Menschen einen gerechten Anspruch zu machen haben, nicht eine Verfassung, die dem Volke die höchste Gewalt im Staate giebt und es von seiner Weisheit und Tugend und von der jeweiligen Thermometerhöhe, worauf Glaube, Liebe und Hoffnung zu seinen besoldeten Repräsentanten und Dienern bei besagtem Volke stehen, abhangen lässt, ob, wann und wiefern es den Gesetzen gehorchen will, sondern ich verstehe darunter Befreiung von willkürlicher Gewalt und Unterdrückung; gleiche Verbindlichkeit aller Glieder des Staats, den Gesetzen der Vernunft und Gerechtigkeit zu gehorchen; ungehinderten Gebrauch unsrer Kräf-

* Unternehmungen.

te, ohne irgend eine Einschränkung, als die der letzte Zweck der bürgerlichen Gesellschaft notwendig macht; Freiheit zu denken; Freiheit der Presse; Freiheit des Gewissens in Allem, was den Glauben an das höchste Wesen und die Verehrung desselben betrifft; – kurz, eine Freiheit, ohne die der Mensch als ein vernünftiges Wesen den Zweck seines Daseins nicht erfüllen kann, die er aber auch nur, insofern er wirklich ein vernünftiges Wesen ist, recht gebrauchen kann, und die ihm also nicht nur durch die Grundverfassung des Staats garantiert, sondern zu deren rechtem Gebrauch er durch seine Erziehung gebildet sein muss.

Ebenso verstehe ich unter Gleichheit der Rechte keine absolute Gleichheit, die allen Unterschied zwischen Classen und Ständen, Armen und Reichen, Optimaten und Idioten, gebildeten und rohen Menschen in der bürgerlichen Gesellschaft aufhebt, sondern nur, dass alle Bürger des Staats ohne Ausnahme vor dem Gesetze gleich seien; [...]

(*Aufsätze über die Französische Revolution. VIII. Sendschreiben an Herrn Professor Eggers in Kiel*)

Weimar, den 30. November 1790. *Dienstag*

[...] Wir stimmen, wie ich mir zu schmeicheln ursache habe, in unsern Begriffen, Gesinnungen und Grundsätzen überhaupt zu sehr überein, als dass wir nicht auch in unsern Gedanken von der großen Revolution in Frankreich übereinstimmen sollten. Ich halte es für eine Glückseligkeit, um welche uns die Nachwelt beneiden wird, dass wir Zeitgenossen und Zuschauer dieses größten und interessantesten aller Dramen, die jemals auf dem Weltschauplatze gespielt wurden, gewesen sind – so wie ich (wenn neid irgend an meinem gemüte haften könnte) einen jeden Teutschen beneiden möchte, dem das glück so wohl wollte, allenfalls auch nur auf eine ganz kurze Zeit ein unmittelbarer Augenzeuge einer so erstaunlichen und noch vor weniger als drei jahren von niemand geahneten oder nur für möglich gehaltenen Umschaffung einer so großen Nazion und der ersten Monarchie in Europa, zu sein.

(*An von Halem*)

[...] Übrigens bin ich ein Deutscher, ein Weltbürger und ein Mensch.

(*An Böttiger, 14. September 1809*)

WILIBALD. [...] ich wüsste Ihnen einen Rat, und ich müsste mich sehr irren, oder es ist das einzige Mittel, Ihr Gemeinwesen mitten unter seinen Siegen, Triumphen und Eroberungen vor dem immer näher rückenden Untergange zu retten.

HERIBERT. Wie Sie sprechen! Sie könnten Einem, der leichter als ich zu schrecken wäre, angst und bange machen. Aber – weil doch auch der Rat eines Feindes nicht immer zu verachten ist – Ihr einziges Rettungsmittel, wenn ich bitten darf?

WILIBALD. [...] – weil Sie doch keinen König mehr wollen [...] – einen Dictator zu erwählen.

HERIBERT. Einen Dictator?

WILIBALD. Oder Lord-Protector, [...] oder wie Ihr ihn sonst nennen wollt. Der Name tut wenig zur Sache; wenn es nur ein Mann ist, dem Ihr die unumschränkte Gewalt [...] mit Sicherheit anvertrauen könnt. [...] Wenn Ihr dem Königtum nicht einen so unauslöschlichen Hass geschworen hättet und wieder einen König haben wolltet und könntet, so müsste es ein liebenswürdiger junger Mann von großem hohem Geist, von den größten Talenten im Krieg und Frieden, von unermüdlicher Tätigkeit, von ebenso viel Klugheit als Mut, von dem festesten Charakter, von reinen Sitten, einfach und prunklos in seiner Lebensart, immer Meister von sich selbst, ohne irgend eine Schwachheit, wobei ein Andrer ihn fassen könnte, zugleich offen und verschlossen, sanft und heftig, geschmeidig und hart, mild und unerbittlich, jedes zu seiner Zeit, kurz, ein Mann sein, wie es in jedem Jahrhundert kaum einen giebt, und dessen Genius alle Andre in Respekt zu halten und zu überwältigen wüsste. Ein anderer als ein solcher könnte Euch in der außerordentlichen Lage, in welche die Revolution Euch geworfen hat, nichts helfen. Da Ihr nun keinen solchen König haben könnt, so müsst Ihr einen Dictator suchen, der alle diese Eigenschaften in sich vereinige. Er darf aber aus vielerlei Rücksichten kein eigentlicher Franzose, wenigstens von keiner alten und bekannten Familie sein; und wenn er sogar einen ausländischen Namen hätte, so wäre es nur desto besser. Auch muss er eine Menge Proben abgelegt haben, dass er alle die Eigenschaften, die ich zu Eurem Dictator nötig finde und von denen ich ihm keine nachlassen kann, wirklich besitze; und wenn er sich bereits einen großen Namen in der Welt gemacht hätte und im Besitz der allgemeinen Achtung stände, so sehe ich nicht, was ihm noch abginge, um Euer und der ganzen Welt Retter zu werden. Das Außerordentlichste bei der Sache ist, dass Ihr diesen Mann nicht erst zu suchen braucht; denn durch einen Glücksfall, den man wohl in seiner Art einzig nennen kann, ist er schon gefunden.

HERIBERT. Buonaparte also!

WILIBALD. Wer anders?

HERIBERT. Und auf wie lange?

WILIBALD. So lange, als er es ausdauert. Ich besorge, Ihr werdet ihn nur zu bald verlieren. Also je länger je besser.

HERIBERT *(mit komischem Ernst.)* Buonaparte Dictator der großen Nation! Der Vorschlag hat etwas Einleuchtendes. Wir werden ihn in Überlegung nehmen.

WILIBALD. Ich fordre alle Eure Köpfe in beiden Senaten heraus, einen besseren zu tun.

HERIBERT. Fast sollt' ich es selbst glauben.

WILIBALD. Die Sache mag einige Schwierigkeiten haben. Aber der Hauptpunkt ist doch, Euch recht von den großen Vorteilen zu überzeugen, welche die Alleinherrschaft, zumal eines solchen Mannes, wie mein Dictator ist, vor einer jungen, unerfahrnen, launenvollen und zwischen so viele Parteien und Fraktionen hin und her schwankenden Demokratie hat, wenn es darauf ankommt, einen zu Grunde gerichteten und bereits in moralische Verwesung gehenden Staatskörper von dreißig Millionen Gliedern wieder zu beleben und aufblühen zu machen. –

(*Gespräche unter vier Augen, II. Gespräch*)

Wielands Begegnung mit Napoleon Bonaparte am Abend des 6. Oktober 1808 im großen Ballsaal des Weimarer Schlosses.

Aquatintaradierung von Johann Baptist Hössel, nach Hans Veit Friedrich Schnorr von Carolsfeld, 1809

Natürlicher Weise wissen Sie was alle Welt weiß, und wovon alle öffentlichen Tagblätter voll sind, dass die Stadt Erfurt, seit dem Ende des vorigen Monats die Scene einer der außerordentlichsten Begebenheiten unsrer wundervollen Zeit ist – einer Zusammenkunft von 2 Kaisern, 4 Königen, 8 regierenden und nicht regierenden Herzogen und einer unzählbaren Menge deutscher, Französischer und Russischer Matadors und Magnaten, um, wo möglich, aller Fehd ein Ende zu machen, und Asträen* mit ihrem ganzen wohltätigen Gefolge vom Himmel auf die Erde zurück zu komplimentieren. So etwas wenigstens musst es sein, (wie wohl freilich, außer den beiden Hauptpersonen und ihren trautesten Ministern, kein Mensch – selbst die Könige nicht ausgenommen – wusste, was eigentlich der Gegenstand und zweck einer so bruyanten** und brillianten, nie erhörten Zusammenkunft war).

Am 6ten dieses Monats kamen alle diese Majestäten, Hoheiten, Durchlauchten und Excellenzen nach Weimar, wo zu ihrem Empfang, wie leicht zu erachten, alles unter über sich gieng. Der französische Kaiser hatte, um die fête vollständiger und außeror-

* In Vergils vierter Ekloge kündigt das Erscheinen der Jungfrau Asträa die bevorstehende Wiederkehr des Goldenen Zeitalters an.

** lauten.

dentlicher zu machen, auch seine Comediens ordinaires* von Erfurt herüber kommen lassen, und auf ein großes Treibjagen und ein großes Diner an drei Tafeln, folgte la Mort de César von Voltaire, und auf diesen ein glänzender Ball. Ich, der sich von jeher, so viel ich's nur immer vermochte, von den Erdengöttern fern hielt, hatte mir (Trotz meiner Begierde den größten Mann unsrer und (meines Wissens) aller Zeiten in der Nähe zu sehen) – vorgenommen, nicht bei Hofe zu erscheinen, weil ich mir's zum Gesetz gemacht habe, von meinem seit mehrern Jahren unvermerkt erhaltnen Vorrecht vor andern meines Standes und Rangs, niemals einen eigenmächtigen Gebrauch zu machen. Diesmal gieng ich sogar so weit, dass ich eine Einladung beim Ball zu erscheinen, die ich schon früh Morgens von der Herzogin erhalten hatte, unter Vorschützung meiner Gesundheit, welche solche Abweichungen von meiner gewöhnlichen Lebensart nicht mehr ertragen könne, abgelehnt hatte. Aber Napoleon fragte zweimal nach mir, und schien verwundert, da er mich im Schauspiel in einer seinem Sitze ziemlich nahen Loge gesehen hatte, mich nicht beim Ball zu sehen – dies ließ mir die Herzogin wissen pp.** und nun war kein andrer Rat als mich in den Hofwagen, der mir geschickt wurde zu setzen und – in meinem gewöhnlichen accoutre-

* gewöhnliche Schauspieler.
** und so fort (lat.: perge, perge).

ment*, das ist eine Calotte auf dem Kopf, ungepudert ohne Degen, und in Tuchstiefeln (übrigens anständig costumiert) im Tanzsahl zu erscheinen. Es war gegen halb eilf Uhr. Kaum war ich etliche Minuten da gewesen, so kam Napoleon von einer andern Seite des Sahls auf mich zu; die Herzogin präsentierte mich ihm selbst, und Er sagte mir sehr leutselig – das gewöhnliche, indem er mich zugleich scharf ins Auge fasste. Schwerlich hat jemals ein Sterblicher die Gabe, einen Menschen gleich auf den ersten Blick zu durchschauen und (wie man zu sagen pflegt) wegzuhaben, in einem höhern Grad besessen als Napolon. Er sah, dass ich, meiner leidigen Celebrität** zu Trotz, ein schlichter, anspruchloser alter Mann war, und, da er (wie es schien) auf immer einen guten Eindruck auf mich machen wollte, so verwandelte er sich augenblicklich in die Form, in welcher er sicher sein konnte seine Absicht zu erhalten. In meinem Leben habe ich keinen einfachern, ruhigern, sanftern und anspruchslosern Menschensohn gesehen. Keine Spur dass der Mann, der mit mir sprach, ein großer Monarch, oder, es zu sein sich bewusst war. Er unterhielt sich mit mir wie ein alter Bekannter mit s e i n e s gleichen, und (was noch keinem andern m e i n e s gleichen wiederfahren war) anderthalb Stunden lang in Einem fort und ganz allein, zu großem Erstaunen

* Ausrüstung, Ausstaffierung.

** Berühmtheit.

aller Anwesenden, unter welchen es zwar an Neugierigen nicht fehlte, die sich aber doch aus Respekt zu weit entfernt halten mussten, um von dem, was er mit mir redete, mehr als einzelne Wort aufschnappen zu können: Daher denn auch von allem dem, was Er mich gefragt und ich geantwortet haben soll, und wovon allerlei Sagen im Publico herum gehen, kein wahres Wort ist. Da ich ein sehr ungeübter und schwerzüngiger französischer orateur bin, so war es glücklich für mich, dass er gerade in der Laune viel zu sprechen war, und die Frais de la Conversation* fast allein auf sich nahm. – Es war nahe an 12 Uhr, da ich endlich zu fühlen anfieng, dass ich das Stehen nicht länger ertragen könne. Ich nahm mir also eine Freiheit heraus, deren sich schwerlich irgend ein andrer Deutscher oder Franzose unterstanden hätte: Ich bat Seine Majestät mich zu entlassen, weil ich mich nicht stark genug fühle, das Stehen länger auszuhalten. Er nahm es sehr gut auf. Allez donc, sagte er mit freundlichem Ton und Miene, allez, bon soir.

Meine Fürstin errät ohne Zweifel, dass ich sehr vergnügt nach Hause kam, diesen Einzigen unter den Erdensöhnen, so nahe, so lang, und in einem so schönen milden Lichte gesehen zu haben. Dem ungeachtet tat ich nicht, was Zehen Tausend andere an meiner Stelle für ihre Schuldigkeit gehalten oder auch

* Den Hauptanteil des Gesprächs.

aus vermeinter Klugheit getan hätten. Ich erschien am folgenden Tage nicht in seinem Vorzimmer – und tat wohl daran. [...]

(*An Elisabeth Charlotte Ferdinande Gräfin zu Solms-Laubach*)

XII

»Es ist mit der Philosophie, denke ich, wie mit den Nasen« Nach-Denkliches

Es ist mit der Philosophie, denke ich, wie mit den Nasen: das, was eine Nase zur Nase macht, ist bei Allen dasselbe, und doch hat Jedermann seine eigene.

(*Aristipp, I. Teil, 1. Buch, 21. Brief: An Kritobolus*)

Übrigens finde ich ebenso natürlich, dass ein Mann seine eigene Art, über jede Sache zu denken, als dass er seine eigene individuelle Nase habe. Es giebt freilich Nasen von so besonderer Figur und Proportion, dass die Schönheit der menschlichen Gattung nicht viel dabei gewinnen würde, wenn man sie zu Modellen machen wollte. Aber unter tausend mehr oder weniger gebogenen oder eingedrückten, viereckigen oder aufgestülpten, längern oder kürzern Nasen vom gewöhnlichen Schlage mag immer ein Elefantenrüssel oder ein Habichtsschnabel ohne Schaden mitlaufen.

(*Geschichte des weisen Danischmend, 10. Kapitel*)

Hippias.

Hippias von Elis (Ende des 5. Jh.s v. Chr.).
Kupferstich von Ignaz Sebastian Klauber nach Johann Heinrich Ramberg, 1793

DER BARON *(mit einer politischen Miene und sehr laut schreiend).*

Ich sagte ja gleich, es müsste n o c h e i n e
Philosophie sein –

DER ABBÉ. Nicht so laut!

Nein, Herr Baron, es giebt sonst keine;
In tausend Gestalten ist's immer nur e i n e.
Da sitzt sie in ihrer ersten Haut!
Hat freilich in ihren Lebenstagen
Noch keinen Gänsestall gebaut,
Das können Sie kecklich weiter sagen!
Noch jemals was erfunden – als
Das Farbenklavier – und allenfalls
Die Waschmaschine. – Ihrenthalben
Möchten wir noch auf Vieren gehn
Und Gras mit unsern Zähnen mähn
Und uns mit Thran und Schaffett salben.
Wohl uns, dass – wie bei jedem Tier –
Instinkt und Glück das Beste taten,
Im Drang der großen Not uns raten
Zu helfen! Denn, ma foi, hätten wir
Die Künste lernen sollen von ihr,
Wir könnten noch keinen Apfel braten!
Die Kunst, zu träumen bei hellem Tag
Und Fliegen zu fangen und Sterne zu zählen,
Ist Alles, womit sie großtun mag!
[...]

VERSCHIEDENE HERREN *in schwarzen Sammthosen treten auf.*

DER BARON. Was wollen Die? Sind mir feine Knaben,
Mein Seel'!

LA PHILOSOPHIE ENDORMIE* *(zu den schwarzen Sammthosen).*
– Sie kommen eben recht,
Wir wollten just zu Tische gehen.
(Zu den Übrigen.)
Mylords and Gentlemen, Sie sehen
Hier lauter Männer von meinem Geschlecht,
Mit denen Sie sich befreunden müssen;
Männer, die manch solch Hosenpaar
In meinen Diensten schon zerrissen,
Viel Raben und Gänse darin fürwahr
Entfiedert, viel Ballen Papiers beschmissen!
Sind Weltverbesserer insgesammt,
Politiker, Ökonomisten,
Projekteschneider, Journalisten,
Enzyklopädisten und Antichristen,
Alle von einem Geist entflammt!
Will sie als Männer von seltnen Gaben
Und hohem Verdienst empfohlen haben.
Verbinden Sie Sich mit ihnen genau!
Arbeitet – mit vereinten Kräften,

* frz.: Die eingeschlafene Philosophie.

An unserm Babylonischen Bau,
Und wisst, von unsern Geheimgeschäften
Beruht der Erfolg und ganze Gang
Allein auf unserm Zusammenhang!
Steht immer alle für einen Mann!
Hat Einer ein Ei gelegt, so kündigt
Es Alle mit lautem Gacken an;
Und wer an Einem sich versündigt,
Sei gleich von Allen in Bann getan!
So wird mein Thron sich hoch erheben,
So wird es dauern, unser Reich,
Und die Philosophie in Euch
Dem Erdenball Gesetze geben!

(*La Philosophie endormie*)

»Wir sind«, wie Young sagt, »der halbe Weg vom Nichts zur Gottheit, ein unendliches Insekt, ein Wurm, ein Gott.« Dieser platonische Lehrsatz hat, wie ich mir schmeichle, in keinem System noch so gut gepasst, als in meinigem. In dieser Beschreibung, »zweideutig Mittelding von Engeln und vom Vieh«, sind die größten Genies ebensogut begriffen, als die kleinsten Seelen, nur dass Sie mehr von Engeln, und weniger vom Vieh haben. [...] Ich will nur noch dieses sagen, dass das sinnliche Vergnügen dem Weisen so wenig untersagt ist, dass er vielmehr allein das feinste der sinnlichen Freuden [...] zu genießen fähig ist.

(*An Bodmer, 4. Februar 1752*)

Der Schönste Teil meiner Philosophie besteht aus süssen Träumen; und ich halte öfters einen angenehmen und unschädlichen Irrtum vor* besser als eine schädliche verdrießliche oder gleichgültige Wahrheit.

(*An Bodmer, 6. März 1752*)

Und doch, sich neue Bahnen brechen,
Heißt in ein Nest gelehrter Wespen stechen.

(*Idris und Zenide, 1. Gesang*)

Die Philosophen reden von Vergnügen des Geistes, von Vergnügen des Herzens, von Vergnügen der Tugend. Alle diese Vergnügen sind es für die Sinne oder für die Einbildungskraft, oder sie sind – nichts.

(*Geschichte des Agathon,
I. Teil, 3. Buch, 2. Kapitel*)

* für.

Überdies sehe ich nicht, warum ein Mann, dem seine Umstände erlauben, über das Unentbehrliche in Nahrung, Kleidung, Wohnung und andern zum menschlichen Leben gehörigen Dingen hinaus zu gehen, gerade nur seine Philosophie auf die bloße Notdurft einschränken müsste. Das Menschengeschlecht ist zu ewigem Fortschreiten, der einzelne Mensch zu möglichster Ausbildung seiner selbst in der Welt.

(*Aristipp, I. Buch, 32. Brief: An Lais*)

[...] Die großen Aufgaben: Was ist der Mensch in der gegenwärtigen Periode seines Daseins? Welches sind seine Kräfte und Anlagen? Wie und wozu hat er sie zu gebrauchen? Was soll er hier sein? Was kann er hier werden? Zu welcher Vollkommenheit könnte er schon in diesem Leben gelangen, wenn er die Mittel kennen und richtig anwenden lernte, die ihm dazu gegeben sind? – diese Aufgaben, die sich wieder in unzählige andere auflösen, sind so ganz für uns gemacht und geben uns so viel zu schaffen, dass ich nicht sehe, wo wir Zeit hernehmen wollen, uns um Dinge zu bekümmern, die wir eben darum, weil sie uns unerreichbar sind, mit gutem Fug als uns nichts angehend betrachten dürften.

(*Agathodämon, 6. Buch, II*)

XIII

»Der Mensch ist eigentlich zur Freude geschaffen«

Vom Glücklichsein

Der Mensch ist eigentlich zur Freude geschaffen. Diese aber kann nicht dem Menschen anständig sein wenn es nicht eine weise Freude ist an der der Verstand Anteil nimmt. – Diese wahre Weisheit ist die Kunst Sich und andere recht sehr glücklich und selig zu machen. Ich tadle und verachte daher die zwei Abwege von der Weisheit, da mann, wie die meisten, entweder in die Tiefen zu Tieren taumelt, oder (wie, zum Glück, nicht alzu viele Dunse und aner) in Wolken herumschwärmt; [...]

(*An Volz, Anfang August 1752*)

Lebensgenuss†

– Was für glückliche Leute die Menschen des goldnen Alters waren!
Ihr ganzes Leben ist Genießen!
Sie wissen nicht (beglückt, es nicht zu wissen!),
Dass außer ihrem Stand ein glücklich Leben sei,

Und träumen, scherzen, singen, küssen
Ihr Dasein unvermerkt vorbei.

(*Die Grazien, 1. Buch*)

Der Mensch, sagte Eblis*, ist aus zwei entgegengesetzten Grundneigungen zusammengesetzt, deren vereinigte Wirkung ihn zu dem macht, was er ist: Hang zum Müßiggang und Hang zum Vergnügen. Ohne den letztern würde ihn jener ewig in einer unüberwindlichen Untätigkeit erhalten; aber so groß sein Abscheu vor Abhänglichkeit und Arbeit ist, so ist doch sein Hang zum Vergnügen noch stärker. Um beide zu vereinigen, ist ein Zustand von Unabhänglichkeit, worin er alles mögliche Vergnügen ohne einige Bemühung genösse, das letzte Ziel seiner Wünsche. Er kennt keine Seligkeit über dieser.

(*Der goldne Spiegel, II. Teil, 1*)

Freude ist der letzte Wunsch aller empfindenden Wesen; sie ist dem Menschen, was Luft und Sonnenschein den Pflanzen ist. Durch süßes Lächeln kündigt sie die erste Entwicklung der Mensch-

* der Geist in Wielands Verserzählung *Der Fischer und der Geist*. Im *Goldnen Spiegel* tritt Eblis als Zyniker und Sophist auf.

heit im Säugling an, und ihr Abschied ist der Vorbote der Auflösung unsers Wesens. Liebe und gegenseitiges Wohlwollen sind ihre reichsten und lautersten Quellen; Unschuld des Herzens und der Sitten das sanfte Ufer, in welchem sie dahinfließen.

(*Der goldne Spiegel, 1. Teil, 4*)

Ergetzen ist der Musen erste Pflicht;
Doch spielend geben sie den besten Unterricht.

(*Idris und Zenide, 1. Gesang*)

Spielen ist die erste und einzige Beschäftigung unsrer Kindheit und bleibt uns die angenehmste unser ganzes Leben durch. – Arbeiten wie ein Lastvieh ist das traurige Los der niedrigsten, unglücklichsten und zahlreichsten Classe der Sterblichen; aber es ist den Absichten und Wünschen der Natur zuwider. Der Mensch ist nur dann an Leib und Seele gesund, frisch, munter und kräftig, fühlt sich nur dann glücklich im Genuss seines Daseins, wenn ihm alle seine Verrichtungen, geistige und körperliche, zum Spiele werden. Die schönsten Künste der Musen sind Spiele, und ohne die keuschen Grazien stellen auch die Götter (wie Pindar singt) weder Tänze noch Feste an. Nehmet vom Leben weg, was erzwungner Dienst der eisernen Notwendigkeit ist, was ist in allem Übrigen nicht Spiel? Die Künstler spielen mit der Natur, die Dichter mit ihrer Einbildungskraft, die Philosophen mit Ideen und Hypothesen, die Schönen mit unsern Herzen, und die Könige – leider! – mit unsern Köpfen. Wo ist je ein Fest, ein Tag öffentlicher geselliger Freude ohne Spiele gewesen?

(*Über die ältesten Zeitkürzungsspiele*)

[...] mein Kopf ist heute zu nichts gut. Wir schmauseten gestern beim Klinias. Es währte die ganze Nacht durch. Wir hatten Wein der Götter, Tänzerinnen, Mimen, Philosophen, die sich erst zankten, hernach besoffen, hernach den Tänzerinnen – genug, wir hatten Alles, was zu einer vollständigen Kurzweil gehört. –

(*Nachlass des Diogenes von Sinope*)

XIV
»Ich bin von Natur launisch oder humoristisch«
Widrigkeiten

Ich bin von Natur launisch oder humoristisch, außerdem aber, was man un homme simple et uni* nennt. Es ist ein Zug meines Charakters, der sich nie dementiert hat, ohne Neid und Eifersucht zu sein, Talente und Verdienste mit Wärme zu lieben, und gegen den Ruhm eher zu gleichgültig als zu passioniert zu sein.

(*An Meister, 28. Dezember 1787*)

»Ich dachte es wohl!« sprach Wieland einmal zu mir, indem er mit verdrießlichem Gesicht in seine Bibliothek trat. »Ich habe eben den Barometer angesehen; er ist noch um keine Linie gestiegen. Immer noch 27 Zoll! Da kann mir's mit meiner Arbeit nicht gelingen.« Ich sah ihn mit lächelnder Verwunderung an. »Ja, ja!« fuhr er fort, »der Barometerstand hat auf unsern Geist mehr Einfluss, als Sie zu glauben scheinen. Was mich betrifft, so verliert der meinige bei zu ge-

* frz.: ein einfacher und einzigartiger Mensch.

ringem Drucke der Luft seine Spannkraft, oder wie Sie's nennen wollen. Er bedarf wenigstens 27 Zoll 6 Linien.« – »Sie sagen mir etwas ganz Neues, das ich nicht begreife!« erwiderte ich. – »Davon ist auch nicht die Rede!« entgegnete W. »Ich begreife auch nicht, wie und wodurch die Schwere unserer atmosphärischen Luft Einfluss auf unsern Geist habe; ich erfahre es nur, dass dem wirklich so sei. Das Maß dieser atmosphärischen Wirkung leidet freilich individuelle Verschiedenheiten; mit einem Mehr oder Weniger aber findet sie gewiss im Allgemeinen statt.« – »Also«, fragte ich, »die Kraft und Tätigkeit des Geistes sollte mit dem Drucke der Luft ab- und zunehmen?« – »Das ist es, was ich gesagt habe!« erwiderte W. und sprach in lebhafterem Tone weiter: »Im Himmel und auf Erden geschehen Dinge, wovon unsre Philosophie sich nichts träumen lässt, sagt Shakespeare. Erklären Sie mir nur erst die wirkliche Natur des menschlichen Geistes und das innere Wesen der Luft, die wir atmen – ich meine nicht ihre bloßen scheidbaren Bestandteile –; dann will ich Ihnen sagen, wie es zugehe und woran es liege, dass die Luftschwere so oder so auf unsern Geist wirke.« – »Aber«, fragte ich weiter, »sollte es nicht Mittel geben, den nachteiligen Einfluss der Atmosphäre zu mildern, und den Geist über geringere Grade von Luftschwere zu erheben?« – »Sie meinen vielleicht geistreiche Getränke?« erwiderte W. »Was diese, zu solchem Behuf* genommen, auch wirken möchten, sie würden, selbst in leidlichem Maße, Arzneimitteln gleichen; und ich liebe die natürliche Gesundheit und Geisteskraft mehr, als künstliche Stärke und Begeisterung.«

(*Wielands Unterredung mit Samuel Christoph Abraham Lütkemüller, undatiert*)

Unter dem tirannischen Einfluss einer trübseligen Witterung kann von mir nicht gesagt werden, dass ich eigentlich lebe: Sonnenschein und Sonnenwärme sind für mich das wahre pabulum vitæ**; werden mir diese entzogen, so sinkt mein Dasein zu einer bloßen Art von mühsamer Vegetation herab, und ich befinde mich ungefähr, wie ein Ostindisches Gewächs unter einem nördlichen Himmel. Untüchtig, verdrossen und kraftlos zu allen Geschäften des Geistes, bin ich nicht im Stand einen nur leidlich genießbaren Brief an Personen die ich liebe zu schreiben. Schlafen, träumen, essen und trinken, höchstens in einem durch Witz oder Phantasterei und Narrheit kurz weiligen Buch oder Journal ruckweise lesen und in wenig Minuten darüber einschlummern, mich von einem Stuhl auf den andern setzen, nach Stadtneuigkeiten fragen, Abends von 7

* Zweck.
** lat.: Lebenselixier.

bis halb 9 Uhr mit meinen Mädchen Boston* spielen und sie, wie billig, gewinnen lassen, sodann mit ächt animalischem Schwäbischem Appetit zu Nacht speisen, und (um den Tag wenigstens nach der Pythagorischen Ordensregel zu beschließen) mir von meiner Enkelin Amalie ein paar Sonaten von Mozart, Haidn, Clementi** oder Pleyel*** vorspielen lassen, dies ist, in diesem Zustande, die ganze Geschichte meines Tags, und bleibt es so lange, bis die Sonne (der älteste Gott der Erdenkinder und der Meinige) den Sieg über die bösen Geister, die in der Luft herrschen, davonträgt, die ganze Natur wieder belebt und erfreut, und auch meinen innern Menschen wieder mit Licht und Wärme erfüllt und in seine vorige Tätigkeit setzt.

(*An Elisabeth Charlotte Ferdinande Gräfin zu Solms-Laubach, 9.–11. Juli 1808*)

Wieland übertrug mir gleich nach meiner Ankunft in Weimar die erste Correctur und letzte Durchsicht des »Teutschen Merkurs«, die zweite Correktur sich selbst vorbehaltend; bisher hatte er alles allein be-

* Kartenspiel, im 18. und 19. Jh. besonders in Marinekreisen beliebt.

** Muzio Clementi (1752–1832), italienischer Komponist, Pianist, Musikverleger.

*** Ignaz Josef Pleyel (1757–1831), österreichischer Komponist.

sorgt. Wie übellaunig ihn dieses oft durch unzeitige Unterbrechung und schlechte Setzerarbeit gemacht haben musste, das erfuhr ich sehr bald. Der Erguss seiner Übellaune setzte mich anfangs in Verlegenheit; aber bald war ich mit ihrer Natur und mit dem Gemüte, woraus sie floss, bekannt genug, um dabei guter Fassung zu bleiben. »Sagen Sie mir doch« – mit diesen Worten trat Wieland eines Vormittags zu mir in seine Bibliothek – »was für eine Rasse von Setzer ist denn da beim ›Merkur‹ angestellt worden? Der Herr Hofbuchdrucker meint ohne Zweifel, er dürfe mir den Stall des Augias* auszumisten geben!« – W. ließ seinem Zorn freien Lauf in oft ebenso starken als genialischen Ausdrücken. Bei der ersten kleinen Pause erwiderte ich: »Es ist freilich ein unerträgliches Stück Arbeit, und der Setzer hat auch ziemlich das Ansehen eines Onokephalos**; die letzte Handschrift jedoch –.« – »Kann ihn nicht entschuldigen!« fiel W. ein. »Sagen Sie dem Hofbuchdrucker, dass er sofort sich einen bessern Setzer anschaffe, sonst ließe ich den »Merkur« in Jena drucken!« – Als ich bald nachher aus der Bibliothek trat, empfing mich W. mit einem Blatte in der Hand und sprach: »Es ist wahr, die letzte Handschrift ist abscheulich, so dass sie dem Setzer wohl zu einiger Entschuldigung dienen kann.

* Eine der Aufgaben des Herkules war es, den Stall des Augias auszumisten.

** Eselskopf.

Aber was soll ich machen? Solche unleserliche Handschrift abschreiben lassen? Das wäre Sache des Verfassers. Jeder Gelehrte und Schriftsteller sollte eine leserliche Hand schreiben, das ließe mit Fug und Recht sich fordern; sonst müsste er seine Druckschriften von einem seiner Hand kundigen Schreiber gut leserlich kopieren lassen.« – Wieland schrieb eine nicht bloß leserliche, sondern auch schöne Hand. Seinem sehr humanen Herzen war es Bedürfnis, Ergüsse von Zorn und Übellaune, sobald diese vorüber waren, wieder zu vergüten.

(*Wielands Unterredung mit Samuel Christoph Abraham Lütkemüller, undatiert*)

XV

»Häusliche Glückseligkeit«
Kinder und Familie

»Häusliche Glückseligkeit ist die einzige Art, glücklich zu sein, die dem Menschen hienieden bestimmt ist.« […]

»Ich habe noch nie einen Menschen mit seinem Dasein unzufrieden, neidisch über Andrer Glück, boshaft und übeltätig gesehen, der in seinem Cabinet*, in seiner Kinderstube und in seinem Schlafzimmer glücklich war. Auch hab' ich nie gehört noch gelesen, dass ein solcher Mann eine Verräterei gegen den Staat angezettelt oder einen Aufruhr erregt oder sich zum Haupt einer Sekte aufgeworfen,** oder an die Spitze einer Räuberbande oder Schwärmerrotte gestellt und Unheil auf Gottes Boden angerichtet

* Studierzimmer, Arbeitszimmer.

** Anm. von Wieland: »Dies möchte vielleicht Ausnahmen zu leiden scheinen; aber ich zweifle, ob sie bei schärferer Prüfung als solche bestehen würden. Luther, den man zum Beispiele anziehen könnte, kam (wie bekannt) ohne seine Schuld zu der Ehre, ein Aufrührer zu werden; und überdies war er noch nicht vermählt, dachte auch nicht daran, es jemals zu werden, als er sich (mit Erasmus von Rotterdam zu reden) beigehen ließ, dem Papst an seine dreifache Krone und den Mönchen an ihre dicken Bäuche zu greifen. – Sleidanus«.

hätte. Ein Mann, der in seinem Hause glücklich ist, ist immer auch ein guter Bürger, ein guter Gesellschafter, ein guter Mensch.«

(*Geschichte des weisen Danischmend,*
6. Kapitel)

Wieland im Kreise seiner Familie.
Öl auf Leinwand von Georg Melchior Kraus, 1774/75

Weimar, den 22. März 1776.

Liebster Gleim, lassen Sie Sich's nicht leid sein, dass das kleine Märzen-Kälbchen womit uns meine Frau gestern um 6. Uhr Morgens beschenkt hat, – nur ein Mädchen ist. (Dies nur, liebe Gleminde, kommt nicht auf meine Rechnung; es ist bloß nach gemeiner menschlicher Weise gesprochen; denn ich meines orts bin von der Fürtreflichkeit Ihres Geschlechtes völlig und innigst überzeugt.) Was ist, das ist, und was ist, ist recht. Meine vier Mädchen machen mich glücklich, sind die Freude meines Lebens, und ich gäbe sie nicht für die vier besten Buben in der Christenheit. Warum sollte ich von der fünften nicht auch das beste hoffen? Der Engel, ihre Mutter, befindet sich so wohl als es die Natur der Sache nur immer gestattet, und grüßt Sie herzlich. Wir haben uns, Bester Freund und Bruder, des Rechts bedient, das Sie uns vor einem Jahre gegeben haben, und Sie, wiewohl abwesend, aber uns im Geiste gegenwärtig, zum Paten des holden kleinen Geschöpfes ernennt, in Hoffnung dass es Ihnen angenehm sein würde, diese geistliche Paternität mit unserm Göthe zu teilen, der Sie liebt und ehrt. [...]

(*An Gleim*)

Weimar, den 23. März 1776

[...] fahren Sie immer fort und widerstehen Sie dem Teufel, wenn er Ihnen einblasen will, dass rezensieren, wie Sie rezensieren, nicht eine so edle, wohltätige und hochwichtige Sache sei, als irgend ein andres Geschäfte in der Welt, Kindermachen ausgenommen, welches schlechterdings das allerherrlichste ist, was ein Mann tun kann, wenn's auch nur lauter hübsche Mädchen waren, was er macht, welches seit 20 göttlichen Jahren mein Casus ist.

(*An Merck*)

Weimar, den 31. Mai 1776

[...] Haben ächte Geisteskinder nicht auch Kraft und Leben in sich? Haben euch meine Musarions und Danaen und Dindonetten und wie die lieben braunen und blonden, schlanken und dicken, witzigen und dumpfen Mädchen alle heißen, nicht Freude gemacht? Was wollt ihr denn mehr! – [...] Doch dem sei wie ihm wolle, die Katze lässt das Mausen nicht, und ich werde, Sammer Gott*, Verse und Kinder machen, so lange es gehen wird, etc. bis mein nächstes Kind kein Feuer in seinen Augen hat, und die Leute bei meinem ersten Märlein gähnen.

(*An Merck*)

* zusammen mit Gott.

Weimar, den 30. Juli 1777

[...] Kinder und Bücher zugleich machen, ist zu toll – nicht wahr? Sie sind auch darnach, werden Sie sagen! Da ist nun freilich was dran, aber doch – die Kinder sind so übel nicht, wie die Leute sagen, – und die libelli*, wie die Leute ebenfalls sagen, gehen auch noch mit; also fahren wir in Gottes Namen immer fort, Beides zu machen, so lang's Zeug hält, und wir Freude daran haben. Solches wünscht Ihnen und sich selbst Ihr treuer Freund und Compan

W.

(*An Merck*)

Herzlichen Dank für den großen Segen
Den Sie auf den kleinen Ludwig legen!
»An Hypochondrie wird er wenig leiden«
sagt seine Mutter mir heut mit Freuden;
er farzt trotz einem Eselein,
und füllt die Windeln oft und fein, etc etc
Führt auch zur Freude des schönen Geschlechts
euch einen p.. etwas rechts! u. s. w.

(*An Merck, 24. November 1777*)

* Büchlein.

Meine größte Glückseligkeit finde ich in meinem Hause, bei Weib und Kindern; die Anzahl der letztern wird sich zwar bald bis auf 7 erstrecken, aber wenn sie so fortfahren und ferner gedeihen wie bisher, so schätze ich sie für einen wahren Segen, und freue mich, auch von dieser Seite kein unnützes Glied der Menschlichen Gesellschaft zu sein. Ein so zahlreiches Hauswesen erfodert freilich viel; aber wir tun das unsrige, und verlassen uns übrigens auf Den, der alles, was er erschaffen hat, erhält, und versorgt, was wir nicht versorgen können.

(*An von Hillern, 9. November 1778*)

Meine Frau ist Tochter aus einem guten Hause in Augsburg, und eines der vortrefflichsten Geschöpfe Gottes in der Welt – ein Muster jeder weiblichen und häuslichen Tugend, frei von jedem Fehler Ihres Geschlechts, mit einem Kopf ohne Vorurteile und mit einem moralischen Charakter, der einer Heiligen Ehre machen würde. Die zwei und zwanzig Jahre, die ich nun mit ihr lebe, sind vorbeigekommen, ohne dass ich nur ein einziges Mal gewünscht hätte, nicht verheiratet zu sein; im Gegenteil ist sie und ihre Existenz mit der meinigen so verwebt, dass ich nicht acht Tage von ihr entfernt sein kann, ohne etwas dem Schweizer-Heimweh ähnliches zu erfahren. Von dreizehn Kindern, die sie mir geboren hat, leben zehn liebenswürdige, gutartige, an Seel und Leib gesunde Geschöpfe, die nebst ihrer Mutter das Glück meines Lebens ausmachen. Schwerlich ist jemals ein Mensch für den Genuss reiner häuslicher Glückseligkeit mehr gemacht und derselben mehr teilhaftig geworden, als der Mann der dies schreibt [...] In allen meinen Liebesavanturen* war viel Illusion, und reine Glückseligkeit kenne ich erst seit dem 21. October 1765, als der Epoche meiner Verheiratung.

(*An Meister, 28. Dezember 1787*)

* Liebesabenteuer.

XVI

»Heiteres Land- und Gartenleben« Rückzugsmöglichkeiten

Es geht doch, sagt mir, was Ihr wollt,
Nichts über Wald- und Gartenleben
Und schlürfen ein Dein trinkbar Gold,
O Morgensonn, und sorglos schweben
Daher im frischen Blumenduft
Und, mit dem sanften Weben
Der freien Luft,
Als wie aus tausend offnen Sinnen
Dich in sich ziehn, Natur, und ganz in Dir zerrinnen!

(*Der Vogelsang oder die drei Lehren*)

Die Wahrheit zu sagen, wiewohl ich zum eigentlichen Gärtner, geschweige zum Bauer, verdorben bin, so ist doch der Anteil, den ich an meinem Gartenwesen nehme, und das Herumkriechen und Begucken meiner jungen, vor zwei Jahren gepflanzten Bäume, und das Begießen meiner Pflanzen, und Zählen, wieviel von meinen neugepflanzten Spargelstöcken schon getrieben haben, u. s. w. das einzige, was mich in diesen verwichnen 6 Wochen noch bei Leben erhalten hat. Ich habe zwei Gärten, einen unmittelbar am Haus, wo ich Erbsen, Bohnen, allerlei Kohl und Gemüse, und Wurzelwerk ziehe, auch etliche gute Obstbäume habe, und den andern, etwa 500 Schritte weit vom Hause, der ungefähr 3 mal so groß wie jener ist, und worin, außer einer Menge Rosen (von Blumen meine einzige Liebhaberei) und etlichen geruchreichen Staudengewachsen um ein paar Lauben, auch gar nichts ist, das nicht bloß ums Nutzens willen da wäre. Nun weiß ich wohl, dass es bei unsereinem mit dieser Vorstellung von Nutzen eine bloße Illusion ist; denn ein Garten rentiert* nur dem, der mit den seinigen alles selbst drin tun kann und nichts kaufen noch lohnen muss. Ich sollte also sagen, ich habe mein Vergnügen daran, überall fruchttragende Bäume und essbare Pflanzen zu sehen, und ein Beet voll blühender Erbsen macht mir eben soviel Spaß als einem Blumisten ein Beet voll stolzierender Tulpen oder Hyazinthen, und ich freue mich über jede kleine Schote, die aus ihrem weißen Westerhemdchen** hervorwuselt, als ob mir gar viel daran gelegen wäre, und gucke alle Tage zwei dreimal wie sich ihre Zahl stündlich vermehrt, und wie es um meine Puffbohnen, Zuckerschoten, Frühmöhren, Salatstöcke u. s. w. steht. Nun verderben mir zwar Maulwürfe, Schnecken, Erdflöhe, Blattläuse und Ameisen den Spaß

* hier: nutzt.

** Taufhemdchen.

gewaltig; aber am Ende tragen auch diese Geschöpfe, die ich als Nationen, mit denen ich in offenbarer Fehde lebe, betrachte, nicht wenig bei, die Sache interessanter zu machen, und es wird über einen Topf voll Erdschnecken, die der Gärtnerbursche zusammengelesen, oder einen Maulwurf, den er lebendig gefangen hat, soviel über meinem Tische gesprochen, als zu London über einen Vorteil, den General Howe* etwa über die Amerikaner erhalten hat oder über einen gefangnen General.

(*An Merck, 3. Juni 1778*)

Ein kleines Horazisches Sabinum** [...] war schon lange der liebste meiner wachenden Träume. [...] – so zeigte sich bald, dass das Rittergut Oßmannstätt das einzige sei, das sich in allen diesen Rücksichten für mich schickte; [...]

(*An Reinhold, 27. März 1797*)

* William Howe (1729–1814), englischer General im Amerikanischen Unabhängigkeitskrieg.

** »Sabinum« hieß das Landgut des Dichters Horaz in der Nähe von Tivoli bei Rom. In Anlehnung daran nannte Wieland sein Gut »Osmantinum«.

Landluft, unverkünstelte Natur, viel Grün und schöne Bäume, äußere Ruhe und freie Disposition über mich selbst und meine Zeit, das alles zusammen ist, so zu sagen, mein Element, so gut wie die Luft des Vogels und das Wasser des Fisches Element ist, und es geht also ganz natürlich zu, dass ich darin gedeihe.

(*An Göschen, 25. Juli 1797*)

Wielands Gutshaus in Oßmannstedt.

Zeichnung von N. Ernst, um 1910

Osmannstädt, den 4. August 1797. *Freitag*

Mein teurer Bruder Gleim!

[...] Auch schreibe ich Ihnen wirklich aus einer Art von Elysium, wo mir zu der Glückseligkeit, ungestört mit den Geistern der Weisen und Dichter der Vorwelt Umgang zu pflegen, noch das Vergnügen gegönnt ist, meinen guten Genius, in Gestalt eines Weibes, an meiner Seite, und einen Kreis von Kindern und Enkeln um mich her zu haben, unter welchen mir meine Tage eben so leicht und schnell entschlüpften, als jenen Bewohnern des dichterischen Elysiums. [...]

Das einzige, was allenfalls (wenigstens zur vollständigen Ähnlichkeit mit dem Elysium, das uns Lucian* so genialisch geschildert hat) abgeht, sind die Buttersemmeln und Bratwürstchen, die auf den Bäumen wachsen, die gebratenen Rebhühner, die von selbst auf den Tisch geflogen kommen, und die schönen krystallnen Kelchgläser, die man von den Hecken abbricht, um sie aus Quellen und Bächen mit köstlichen Wein zu füllen, die eben so freiwillig und unerschöpflich aus allen Felsen hervor sprudeln u. s. w. So bequem und wohlfeil hab' ich es nun freilich nicht, lieber Bruder; aber, die reine Wahrheit zu sagen, ich möcht es nicht einmal so bequem und wohlfeil haben; denn ich halte das Gesetz, dass uns

* Lukian von Samosata (um 120–180 n. Chr.), antiker Satiriker.

die Götter nichts Gutes ohne Arbeit geben, für ein sehr weises Gesetz, und betrachte eine gewisse Portion Mühe und Sorge, quantum satis*, als die unentbehrlichste Würze zum wahren Lebensgenusse. Indessen wachsen mir doch, ohne dass ich mich selbst eben dabei sonderlich bemühe, Erbsen, Bohnen, Gurken, Salat und Kohl und Gemüse und Wurzeln aller Art für meinen Tisch, und Gras und Kraut und Runkelrüben für das liebe Vieh; auch lässt es Pomona** nicht an Aepfeln, Birnen und Pflaumen fehlen, und der Freudengeber Bacchus*** verspricht mir an meinen Traubengeländern einen so reichen Herbst, dass ich, wenn nicht mein lieber Bruder Gleim mit allen seinen und meinen Freunden ein kleines Complott macht, in der Mitte Oktobers zu kommen, und mir meine Trauben lesen und verzehren zu helfen, nicht wissen werde, was ich damit anfangen soll.

(*An Gleim*)

* soweit möglich, irgendwie.
** römische Göttin der Baumfrüchte.
*** Gott des Weines.

Oßmanstätt den 19ten December 1797. *Dienstag*

[...] hier in Meinem Hause zu Oßmanstätt befinde ich mich ununterbrochen wohl und munter, arbeite an meinem Schreibtische mit Sukzess*, habe, ungeachtet ich wenig vor die Tür komme, guten Appetit, und schlafe weit besser als ehmals. Alles dies entscheidet, wenigstens was mich betrifft, den Vorzug des Landlebens vor dem Stadtleben; nichts von den übrigen negativen und positiven Vorzügen des erstern zu gedenken, welche die Landmaus beim Horaz gegen ihre Freundin, die Stadtmaus, geltend macht. Nebenher tut mir auch das Bewusstsein wohl, dass ich meinen großen Garten (der, wie Sie wissen, für sich allein schon ein kleines Landgut ist) in den 8 bis 9 Monaten, seit er mein ist, bereits in einen merklich bessern Stand gesetzt habe. Ich habe über 300 fruchtbare Bäume gepflanzt, von deren größten Teile, so fern sie gut durch diesen Winter kommen, ich wenigstens die ersten Früchte zu erleben hoffen kann; und das was ich auf Kultur und Verbesserung verschiedener nach und nach, durch Verwahrlosung, in Abnahme gekommener Partien bereits gewandt habe und noch verwenden werde, wird schon in künftigen Jahren so auffallend sein, dass Sie, wenn Sie mich im Herbst 1798. wieder besuchen, sich in ein kleines Paradies versetzt zu sein glauben, und

* Erfolg.

das, was es im Jahre 1797. war, kaum wieder erkennen sollen.

(*An Göschen*)

Oßmannstedt, 26. bis 27. September 1799

[...] Seit Jacobitag haben wir nun unsre ganze Guts-Wirtschaft (wie man's hier zu Lande heißt) übernommen, befinden uns in völligem Besitz, und haben, des außerordentlich ungünstigen Jahrgangs ungeachtet (denn wir hatten beinahe dieses ganze Jahr durch Winter) noch eine ziemliche Ernte gemacht. Ich bin nun mit allen meinen Gebäuden, Scheune, Ställen, Remisen pp* zu Stande; was noch fehlt (weil es sehr an Arbeitern gebricht) kommt allmählich noch nach, und binnen Jahr und Tag hoffe ich schon an manchem, was ich zu Verbesserung des Guts aufgewandt habe, Freude zu erleben. Von dem was ich für die Nachkommenschaft pflanze verlange ich billig nichts als das Vergnügen zu sehen, dass es gedeihet. Ich habe nun 3 schöne und tüchtig arbeitende Pferde, 13 Stück Rindvieh (welche binnen Jahr und Tag auf 20 wenigstens vermehrt werden sollen) und 80 Stück Schafe. Das ist alles was ich dermalen ernähren und durch den Winter bringen kann. Nach und nach wird es immer besser gehen. Wir befinden

* lat.: perge, perge = und so fort.

uns übrigens alle, ohne Ausnahme wohl, die Landluft und das BauerLeben schlägt uns allen herrlich zu; unser eignes Brot, eigene Butter, eigene Gemüse und Kartoffeln schmecken uns noch einmal so gut, weil ihr Genuss mit der Täuschung begleitet ist, als ob sie uns nichts kosteten, da wir kein Geld dafür ausgeben – im Grunde ist das alles freilich teuer genug, indessen sehe ich doch, dass das Gut sein Interesse reichlich tragen wird. Deine Schwestern sind alle drei treffliche Haus- und Landwirtinnen, und machen sich mit Küche und Garten, mit Flachs ziehen und spinnen, mit Butter und Käse machen, nebst den andern gewöhnlichen Hausarbeiten, so viel zu tun, dass ihnen wenig oder gar keine Muße und Lust zum Briefschreiben übrig bleibt. Doch versprechen Sie dir nächstens einen großen Brief mit einander oder in corpore* zu fertigen, wozu der Himmel sein fiat!** sprechen wolle. Denn der Geist ist wohl willig, aber, wenn man den ganzen Tag sich müde gearbeitet hat, sind die Hände des Abends zu lästig noch die Feder zu führen.

(*An Heinrich und Charlotte Wilhelmine Geßner*)

* lat.: insgesamt.
** lat.: Es werde!

Ich hatte vor 40 Jahren den poetischen Landjunker belacht. Nun ward ich's selbst. -- [...] ich habe diesem Oßmannstädt doch auch viele selige Stunden zu verdanken. Die ersten zwei Jahre war ich im Genusse aller Art. Dieser reinen Natur- und Genussfülle entkeimte die schönste Blüte meines Alters, mein Aristipp, der ohne diesen stillen Selbstgenuss, ohne dies heitere Land- und Gartenleben nie empfangen und geboren worden wäre. Er ist mein Liebling, ja er ist mir mehr als Agathon.

(*Zu Böttiger, 11. April 1803*)

XVII

»Das Bewusstsein eines wohlgeführten Lebens«
Rück- und Ausblick

Als die letzte Lieferung von Wielands sämmtlichen Werken (nach der Ausgabe mit lateinischer Schrift bei Göschen) angekommen war, brachte Wieland selbst sie in seine Bibliothek, stellte sie zu den früheren Lieferungen, und sprach zu mir: »Ein ganz stattliches Häuflein Bücher! Ich weiß nicht recht, wie ich dazu gekommen bin, Alles zu schreiben.« – »Fast möchte ich mir erlauben, dieses an zu geben!« erwiederte ich. – »Nun, das möcht' ich hören.« – »Sie hatten«, sprach ich, »von Ihrer frühesten Jugend an nicht bloß einen ungemein empfänglichen und bildungslustigen Genius, sondern auch eine Muse, die gar nicht satt werden konnte, über alle Felder menschlicher Wissenschaft, Kunst und Geschichte, wie eine geistige Biene, umherzuschwärmen, und literarischen Honig einzusammeln, Fülle auf Fülle, und dazu eine Liebe für die Menschheit, die über ihr Bestes nach allen Seiten hin wachte und immer gleich frisches Verlangen war, dasselbe fördern zu helfen.« – »Genug, mein Freund!« fiel Wieland ein. »Ich werde vermutlich immer das Los haben, mit zu großer Güte oder Ungüte beurteilt zu werden. Das Beste ist, dass

Christoph Martin Wieland.

Punktierstich von Carl Hermann Pfeiffer,
nach Johann Friedrich August Tischbein, 1800

ich Beides nicht zu verantworten habe. Wie bei meiner Mitwelt, so werde ich hoffentlich auch bei der Nachwelt meine Freunde finden, die es erkennen, was ich gewollt habe, und deren Geist und Herz dem meinigen mit innerlicher Verwandtschaft entgegen kommt. Ich werde also nicht ohne alle Fortwirkung bleiben; und wenn diese Fortwirkung der Humanität mehr förderlich als hinderlich wäre, so hätte ich wohl Ursach, zufrieden zu sein. Sie sehen, dass ich nicht ohne Selbstliebe bin.« – »O!« sprach ich mit herzlicher Empfindung, »Ihre Selbstliebe ist nichts als Menschenliebe.« – Wieland setzte stillschweigend einige Bände seiner Werke um, und sprach dann in munterm Tone: »Wissen Sie, was ich Ihnen über die Entstehung meiner Schriften sagen könnte? Sie kamen mir meistens wie das Nasenbluten.« – »In Wahrheit!«, rief ich überrascht, »auf den Ausdruck wäre ich nicht verfallen.« – »Ja, ja!« erwiederte W. »Es waren Erleichterungen meines innern Menschen, die von selbst kamen, und sich nicht zurückhalten ließen, und oft war die eine kaum geschehen, so musste ich schon einer andern nachgeben. Große Complimente sind daher mehr, als ich verdiene.« – »So verdienen Sie desto mehr Bewunderung.« – »Das mögen Sie mit den Philosophen und Ästhetikern der neuesten Schule ausmachen.« – »Der Geist und die Classicität Ihrer Schriften werden schon sich selbst zu behaupten wissen.« – »Sollte das eine und andere meiner

Werke in Absicht der Sprache und des Styls Classicität haben, nun, so mag es mir als ein kleines Verdienst angerechnet werden, dass ich nicht müde wurde, meine geworfenen Bären zu lecken, und sie dem guten Geschmack so annehmlich zu machen, als es mir möglich war.«

(*Wielands Unterredung mit Samuel Christoph Abraham Lütkemüller, undatiert*)

Weimar, den 12. April 1793

[...] Ihnen, mein Gleim, und Ihres Gleichen, wenn es anders deren giebt, einige vergnügte Stunden machen zu können oder gemacht zu haben, ist die süßeste Belohnung für den warmen Eifer und die nicht immer leichte Mühe, die ich mir seit vierzig Jahren gegeben habe, Etwas hervorzubringen, wodurch auch ich, nach Abstreifung dieser gröbern Raupenhülle, noch unter den Menschen leben, und all das Gute, das die Xenofon, Platon, Horaz, Lucian u.s.w. mir getan haben, vielleicht manchem, der erst im Jahr 3000 geboren werden wird, wiedergeben möge.

(*An Gleim*)

Die Liebe der Edelsten und Besten durch meine Schriften zu erwerben, war von je her einer meiner liebsten Wünsche – Wie oft hat der Gedanke, durch die Ausflüsse meines Geistes und Herzens auch mit solchen verschwisterten Seelen, deren Dasein sogar mir in diesem Leben unbekannt bleiben würde, in eine Art von geistiger Berührung und Gemeinschaft zu kommen, wie oft hat dieser Gedanke mich begeistert und mir Augenblicke von unaussprechlichen Wonne gegeben!

(*An Elisabeth Charlotte Ferdinande Gräfin zu Solms-Laubach, 6. Februar 1807*)

Auch wieder ein Paar schöne Tage, die sich ganz besonders freundlich, heiter und liebevoll an die 28105, die nun mit mir vorbeigewankt, gehüpft, gestolpert, getanzt, gewalzt, gestürmt und geschlichen sind, angeschlossen haben. Es ist doch eine hübsche Sache ums Langeleben, wenn einem am Vorabend des 78sten Jahres noch solche Stunden zu teil werden, wie ich am Abend des 4ten Septembers im Kreise unsrer wackern Brüder in der □* (Loge) Amalia genossen habe. Überhaupt konnte es nicht anders als meinem Herzen wohl tun, so viele und unzweideuti-

* Zeichen für die Loge.

ge Zeichen einer herzlichen Teilnahme, Achtung und Liebe von ihnen allen, ohne Ausnahme zu empfangen.

(*An Böttiger, 4., 6. und 9. September 1810*)

Bin ich gewesen, was ich sein wollte? Hab ich gewirkt, was ich wirken wollte? Hab ich mit den Kräften, die mir die Natur verlieh, als ein treuer Weltbürger so gut Haus gehalten, wie es mir unter den Umständen, die nicht von meiner Willkür abhingen, möglich war? War mein Zweck rein? War er der beste unter allen, die ich mir vorsetzen konnte? Hab ich ihn auf dem geradesten Wege, durch die einfachsten, sichersten und edelsten Mittel zu erreichen gesucht? Kann ich, wenn ich mein ganzes langes Leben hinter mir zurückschaue, mit mir selbst zufrieden sein? […]

»Was soll ich mir selbst antworten? Nach Unerreichbarem zu streben, ist der Menschen Los. »Ich habe viel getan – viel erreicht – lass Andre mehr tun!« sagt die Eigenliebe. »Du hättest mehr, Du hättest Besseres tun können«, ruft eine Stimme in mir, die ich nie zu übertäuben wünsche.

[…] Wie viel hab ich aufgeopfert, wie viel mir selbst versagt, wie viele der reinsten Menschenfreuden nicht genossen, um unabhängig zu sein! Soll, darf der Mensch so ganz unabhängig sein?

[…] Ich gestehe, – ungeachtet der menschlichen Unlauterkeit war mein Zweck edel und groß. Aber die Mittel? – […] War ich nicht ein Schauspieler, indem ich diese Rollen spielte? Schien ich nicht zu sein, was ich nicht war? […] Hab' ich in meinem Leben, dessen Maß beinahe ein Jahrhundert ist, etwas zu Stande gebracht, das mich auch nur ein Jahrhundert überleben wird?

(*Agathodämon, 6. Buch, III*)

Unsre größte Angelegenheit (sagte ich mir) ist, zu wissen, wer wir selbst sind, wo wir sind, und wozu wir sind. Hierin führen uns unsre Sinne mit Hilfe unsrer Vernunft gerade so weit, aber nicht einen Schritt weiter, als nötig ist, um einzusehen, dass wir in diesem kurzen Dasein unsern Wünschen und Bestrebungen kein höheres Ziel setzen können, als selbst glücklich zu sein und so viel Glück als möglich um uns her zu verbreiten. Weiter reicht unser Vermögen nicht.

(*Geschichte des Agathon, III. Teil, 16. Buch, 2. Kapitel*)

WILIBALD. Natürlich? Ich meines Orts möchte vielmehr behaupten, dass es dem Menschen gar nicht natürlich ist, an den Tod zu denken. Ich zähle jenes vorwitzige Verlangen unter die vielen erkünstelten Begierden, die uns durch die Erziehung und überhaupt durch den Einfluss der bürgerlichen Gesellschaft, worin wir leben, eingepflanzt werden. Und dennoch denken wir, dieses fremden Einflusses ungeachtet, selten ernstlich und anhaltend an den Tod und werden meistens von ihm überschlichen, ohne ihn gewahr zu werden.

BLANDINE. Wenn wir aber an ihn denken müssen – und dazu giebt es doch genug Veranlassungen – so wäre doch gut, wenn man mit Ruhe und mit fröhlichen Erwartungen an ihn denken könnte.

WILIBALD. Und wer in der Welt sollte mit Ruhe und frohem Mute an den Tod denken können, als ein so unschuldiges und gutes Wesen wie Du? Denn ich wenigstens kenne dazu kein anderes Mittel als das Geheimnis des alten Sokrates, das Bewusstsein eines wohlgeführten Lebens.

(*Euthanasia. Drei Gespräche über das Leben nach dem Tode, 3. Gespräch*)

XVIII
Schluss

Der Pinsel fällt mir willig aus den Händen;
Wer Lust hat, mag das Bild und – dieses Werk voll-
enden!

(*Idris und Zenide*, 5. *Gesang*)

Anhang

Textnachweise

BW — Wielands Briefwechsel. Hrsg. von der Deutschen Akademie der Wissenschaften zu Berlin; ab 1993: Hrsg. von der Berlin-Brandenburgischen Akademie der Wissenschaften. 20 Bde. Berlin 1963–2007.

CMW — Starnes, Thomas C.: Christoph Martin Wieland – Leben und Werk. Aus zeitgenössischen Quellen chronologisch dargestellt. 3 Bde. Sigmaringen 1987.

CMWW — Wieland, Christoph Martin: Werke. Hrsg. von Fritz Martini und Hans Werner Seiffert. 5 Bde. München: Hanser, 1964–1968.

HS — Horazens Satiren aus dem Lateinischen übersetzt und mit Einleitungen und erläuternden Anmerkungen versehen von C. M. Wieland. Hrsg. von Hans Radspieler. Nördlingen 1985.

LZ — Böttiger, Karl August: Literarische Zustände und Zeitgenossen. Begegnungen und Gespräche im klassischen Weimar. Hrsg. von Klaus Gerlach und René Sternke. Berlin 1998.

SLR — Ich bin mehr Herz als Kopf. Sophie von La Roche. Ein Lebensbild in Briefen. Hrsg. von Michael Maurer. München: Verlag C. H. Beck, 1983.

WL — Gruber, Johann Gottfried: C. M. Wielands Leben. Neu bearbeitet, mit Einschluß vieler noch ungedruckter Briefe Wielands. 9 Bücher in IV Teilen, Leipzig, bei Georg Joachim Göschen 1827–1828 (= C.M. Wielands Sämmtliche Werke. Hrsg. von J.G. Gruber, Bde. 50–53). – Hamburger Reprintausgabe. Hrsg. von der »Hamburger Stiftung zur Förderung von Wissenschaft und Kultur« in Zusammenarbeit mit dem Wieland-Archiv Biberach a.d. Riß und Hans Radspieler. Hamburg 1984.

WM Weilguny, Hedwig: Das Wieland-Museum im Wittumspalais zu Weimar. Katalog. Weimar 1966.

WP Lütkemüller, Samuel Christoph Abraham: Wielands Privatleben. In: Der Gesellschafter oder Blätter für Geist und Herz. Hrsg. von Friedrich Wilhelm Gubitz. 175.–186. Blatt. Berlin, November 1826.

WW Wielands Werke. 40 Teile (in 16 Bänden). Hrsg. von Heinrich Düntzer. Berlin: Gustav Hempel, 1867–1878.

Zur Textgestalt

Die Texte folgen den genannten Ausgaben. Sie werden hier unter Angabe von Band- und Seitenzahl mit den angegebenen Siglen der Werktitel zitiert. Die Texte aus *Wielands Werken* werden unter Angabe von Teil- und Seitenzahl zitiert. Die Orthographie wurde unter Wahrung des Lautstandes und der Texteigenarten und -unregelmäßigkeiten behutsam modernisiert (z. B. »rezensieren« statt »recensiren«, »dass« statt »daß«; aber: »giebt« statt »gibt«, »Manuscript« statt »Manuskript«). Abkürzungen in den Texten wurden ausgeschrieben (z. B. »dergl.« = »dergleichen«, »u:« = »und«). Die mit einem † versehenen Überschriften wurden vom Herausgeber gewählt. Textauslassungen sind durch Auslassungspunkte in eckigen Klammern gekennzeichnet. Druckfehler wurden stillschweigend korrigiert, heute gebräuchliche Kommata nur gesetzt, wenn sie der besseren Lesbarkeit der Texte dienen.

In Wielands Briefen an Marie Sophie von La Roche, geb. Gutermann von Gutershofen (1730–1807) wird das Adelsprädikat »von« erst nach dem 31. August 1775 verwendet, da sie durch ihre Vermählung mit Georg Michael Anton La Roche ihren Geburtsadel einbüßte, aber durch dessen Nobilitierung am 31. August 1775 wieder zurückerhielt.

I

»Eine unendliche Menge Papier übersudelt«
Das mühselige Geschäft des Schriftstellers

21 BW 1,378. | **22** 1 BW 4,364. | 2 BW 9.1,366 f. | **24** BW 1,55. | **25** WW 17,109 f. | **26** 1 LZ 177 f. | 2 BW 4,559. | **28** 1 BW 5,564. | 2 WW 38,707–710. | **30** WW 38,716. | **31** 1 BW 1,20. | 2 CMW 3,378 f. | 3 WW 38,125. | 4 BW 7.1,249. | **32** BW 18.1,189. | **33** 1 WW 32,193. | 2 WW 39,473. | **34** WW 38,91.

II

»O! Mein Freund! ich liebte damals einen Engel«
Frauen

36 1 BW 1,265. | 2 BW 1,78 f. | **37** SLR 38–43 | **39** 1 WW 29,163. | 2 WW 6,23. | **40** WW 6,23 f. | **41** BW 5,672. | **42** 1 BW 16.1,515. | 2 WW 31,47 f. | **43** BW 17.1,32.

III

»Ich bin nicht mehr der, der ich war …«
Umwälzendes

44 BW 3,129; WM 25. | **45** 1 BW 3,532. | 2 SLR 71 f. | **46** WL 277 f. | **47** BW 3,141. | **48** BW 3,299.

IV

»Ein Busen reizt, der jugendlich gebläht …«
Verführerisches

51 1 WW 4,37. | 2 WW 11,189. | **52** WW 29,168–170. | **54** 1 WW 5,164. | 2 WW 11,236. | **55** 1 WW 25,123. | 2 WW 40,75. |

56 1 CMWW 3,154. | 2 WW 11,172. | 3 WW 11,155. | **57** 1 WW 10,14. | 2 WW 10,15. | 3 BW 3,345. | **59** WW 1,152. | **60** 1 WW 10,53. | 2 WW 20,38. | 3 LZ 172 f. | **61** WW 37,420 f.

V

»Wie können Verse mit Akten sich vertragen?« Broterwerb

63 BW 9.1,323 f. | **65** 1 BW 3,420. | 2 BW 3,296. | **66** BW 3,337 f. | **68** BW 3,545.

VI

»… dass das Leben einer Schifffahrt gleicht« Weisheiten

70 WW 3,35 f. | **71** WW 29,147 f. | **72** 1 BW 16.1,26. | 2 WW 29,226 f. | **73** 1 BW 16.1,133. | 2 WW 18,43. | 3 WW 25,86. | **74** 1 WW 16,51. | 2 BW 5,403. | 3 WW 5,10. | 4 WW 23,28 f.

VII

»Man muss ein Tor oder ein Bösewicht sein, um nach dem Geschmack der Welt zu sein« Unerfreuliches

75 BW 1,61 f. | **76** BW 1,57. | **78** 1 BW 5,385. | 2 BW 4,487 f. | **79** 1 WW 11,213. | 2 BW 4,273. | 3 BW 1,405 f. | **80** 1 LZ 193 f. | 2 WW 12,108–110. | 3 WW 33,475. | **81** WW 38,701. | **83** 1 WW 25,9. | 2 WW 5,171. | 3 WW 1,126 f. | **84** WW 1,137 f. | **85** 1 WW 39,565. | 2 BW 5,304. | 3 BW 3,206. | **86** 1 BW 16.1,431 f. | 2 BW 4,273.

VIII

»Die Kunst, glücklich zu leben«

Lebensaufgaben

87 WW 1,115. | **88** WW 1,112. | **89** 1 BW 5,399. | 2 BW 3,534. | 3 BW 5,398. | **90** 1 WW 29,220. | 2 BW 15.1,587. | 3 WW 32,151. | **92** 1 WW 39,243. | 2 HS 14 f. | **93** WW 1,113. | **95** 1 WW 4,37. | 2 BW 9.1,130. | 3 LZ 214. | **96** 1 WW 40,125. | 2 WW 10,158. | **97** 1 WW 18,43. | 2 WW 40,75. | **98** 1 WW 25,67. | 2 BW 8.1,78.

IX

»Das Leben ist so kurz und dessen, was wir zu tun haben, so viel!«

Tatendrang

99 1 BW 5,403. | 2 WW 12,227. | **100** WW 29,167. | **101** 1 WW 2,112. | 2 WW 37,205. | **102** 1 WW 5,66. | 2 WW 9,11. | **103** BW 3,375. | **104** 1 BW 4,202. | 2 BW 5,373 f. | **105** 1 BW 10.1,93. | 2 BW 17.1,679. | 3 WW 23,28 f. | 4 WW 23,126. | **106** 1 WW 5,19. | 2 WW 5,119. | 3 WW 40,59. | 4 BW 15.1,296. | **107** BW 17.1,254–256. | **110** BW 17.1,488 f.

X

»Vom Vers- und Reim-Teufel besessen«

Dichterhandwerk

111 WW 4,182 f. | **112** WW 29,249. | **113** BW 7.1,239–241.

XI

»Die Regierungskunst«
Politik

117 1 WW 1,138. | 2 WW 33,89–92. | **121** WW 19,62 f. | **123** BW 3,420. | **124** 1 BW 7.1,427. | 2 BW 3,411. | 3 HS 13. | **125** 1 BW 18.1,271 f. | 2 WW 29,186. | 3 BW 18.1,221 f. | **126** WW 34,173 f. | **128** 1 BW 10.1,425 f. | 2 BW 17.1,668. | **129** WW 33,312–314. | **133** BW 17.1,466–470.

XII

»Es ist mit der Philosophie, denke ich, wie mit den Nasen«
Nach-Denkliches

138 1 WW 25,121 f. | 2 WW 20,47. | **140** WW 29,180–191. | **142** BW 1,39 f. | **143** 1 BW 1,47. | 2 WW 16,7. | 3 WW 1,117. | **144** 1 WW 25,160. | 2 WW 23,168–171.

XIII

»Der Mensch ist eigentlich zur Freude geschaffen«
Vom Glücklichsein

145 1 BW 1, 108 f. | 2 WW 11,159. | **146** 1 WW 19,23 f. | 2 WW 18,59 f. | **147** 1 WW 16,8. | 2 WW 35,115. | **148** WW 24,28.

XIV

»Ich bin von Natur launisch oder humoristisch«
Widrigkeiten

149 1 BW 9.1,362. | 2 WP 209 f. | **151** BW 17.1,381. | **152** WP 897.

XV
»Häusliche Glückseligkeit«
Kinder und Familie

155 WW 20,30. | **157** BW 5,485. | **158** 1 BW 5,487. | 2 BW 5,509. | **159** 1 BW 5,639 f. | 2 BW 6.1,170. | **160** 1 BW 7.1,132. | 2 BW 9.1,362 f.

XVI
»Heiteres Land- und Gartenleben«
Rückzugsmöglichkeiten

162 1 WW 12,102. | 2 BW 7.1,72 f. | **164** BW 13.1,546 f. | **165** BW 14.1,34. | **166** BW 14.1,38 f. | **168** BW 14.1,134 f. | **169** BW 15.1,70. | **171** WL 360 f.

XVII
»Das Bewusstsein eines wohlgeführten Lebens«
Rück- und Ausblick

172 WP 906. | **175** BW 11.1,395 f. | **176** 1 BW 17.1,184. | 2 BW 18.1,186. | **177** WW 23, 174 f. | **178** 1 WW 3,200. | 2 WW 32,536.

XVIII
Schluss

180 WW 16,115.

Verzeichnis der Abbildungen

156 Wieland im Kreise seiner Familie. Öl auf Leinwand von Georg Melchior Kraus, 1774/75. Aus: Wieland Lesebuch. Hrsg. von Heinrich Bock. Frankfurt a. M. 1983. Nach S. 282.

165 Wielands Gutshaus in Oßmannstedt. Zeichnung von N. Ernst, um 1910. Aus: Heinrich Bock / Hans Radspieler: Gärten in Wielands Welt. Marbacher Magazin 40. Hrsg. von Ulrich Ott. Deutsche Schillergesellschaft Marbach am Neckar 1986. S. 47.

173 Christoph Martin Wieland. Punktierstich von Carl Hermann Pfeiffer, nach Johann Friedrich August Tischbein, 1800. Aus: ebd. S. 31.